打開塵封的書箱

——新文學版本雜話

朱金順 著

目錄

輯四：我收藏了半套《北方文叢》

輯一

新文學版本雜說

胡適的《嘗試集》

一九一七年新文學運動的發生，是二十世紀中國文壇上有著劃時代意義的大事。回顧歷史，人們總以〈文學改良芻議〉和〈文學革命論〉的發表，作為新文學革命的標誌。其實，文學界的這場革命，是從新詩開始的。當時，胡適嘗試作白話詩，受到了眾多舊派文人的反對和攻擊。從舊文學的觀點看，最不能容忍的便是用白話作詩。他們認為「引車賣漿者語」怎麼能做詩呢？然而就是從這裏，胡適進行了詩界革命，而回應者甚多，很快在詩歌、小說、散文、戲劇等領域展開了一場文學領域的時代革命，產生了中國二十世紀的新文學。

一九二〇年三月，胡適將三年來試作的新詩，選出一冊，題名《嘗試集》，交由上海亞東圖書館出版。胡適說，陸遊有一句詩是「嘗試成功自古無」，他要改為「自古成功在嘗試」，因之將詩集稱為《嘗試集》。胡適在《嘗試集》初版〈自序〉中這樣說：

「我大膽把這本《嘗試集》印出來，要想把這本集子所代表的『實驗的精神』貢獻給全國的文人，請他們大家都來嘗試嘗試。」這樣，新文學史上第一本白話詩集《嘗試集》就誕生了。書的封面是胡適自己手寫的，極為別致，不是常見的「胡適著」，而是豎排三行字：

胡適的

嘗試集

附去國集

白話大師的白話詩集，封面題字都是白話的，這叫我們想起了他的一方藏書印：「胡適的書」。

《嘗試集》出版後，暢銷全國，到一九二二年十月就再版四次，每次都有小的改動。第四版時，作了大幅度刪改，文字是重排的。這次，胡適請了多位朋友幫他增刪潤色，包括魯迅、周作人、陳衡哲、俞平伯等都參與其事。至今，那些討論增刪的通訊還被保留著。

《嘗試集》出版後，影響了眾多新文學家，許多人開始嘗試新詩創作。《新青年》、《新潮》等報刊上，常有

新詩發表。稍後出版的俞平伯的《冬夜》、康白情的《草兒》、汪靜之的《蕙的風》、冰心的《繁星》等等，就都是新詩嘗試的結果。新詩創作的成功，顯示出了新文學旺盛的生命力，在文學殿堂中最神聖的詩歌王國裏，出現了眾多新詩人，而且擁有了許多青年讀者。雖然新詩難免有不足之處，但其歷史功績是不能抹殺的。《嘗試集》的嘗試精神，在現代文學史上應該大書一筆！

　　胡適晚年還編過《嘗試後集》，他去世後才在臺灣出版（近年大陸有翻印本），但那恐怕是紀念性的了。二十世紀八十年代以來，人民文學出版社重排出版了《嘗試集》，上海書店則有影印本。而最具文物價值和收藏價值的還是二十世紀二〇年代上海亞東圖書館出版的《嘗試集》，特別是一九二〇年三月的初版本，那更是新文學的歷史見證，存世怕不多了。我那冊《嘗試集》初版本也是花了十年功夫才找到的。

（原載《舊書信息報》2002年1月14日）

聞一多先生作為新月派詩人，人們看重的是他的詩集《死水》，但從版本的珍稀及從收藏的角度看，我認為更該注意的是他的第一本詩集《紅燭》。

《紅燭》，上海泰東圖書局一九二三年九月初版，印數不詳。書為小三十二開本，正文二八〇頁，收詩一〇三首。前有〈序詩〉，後沒有後記。其他詩釐為五輯，為〈李白篇〉、〈雨夜篇〉、〈青春篇〉、〈孤雁篇〉、〈紅豆篇〉。前三輯各詩作於國內，是清華園時期的詩作；後二輯則是赴美途中和留美前期的作品了。前三輯在國內寫的詩，不少曾刊於《清華週刊》，但收入《紅燭》時，多有改動；後兩輯各詩，也是一改再改後才定稿的。在給梁實秋的一封信中，聞一多曾這樣說：「這次的《紅燭》不是從前的《紅燭》了，……我前次曾告你原稿中被刪諸首。這次我又刪了六、七首。全集尚餘百零三首，我還覺得有刪削的餘地。」又說：「假若《紅燭》刪得只剩原稿

三分之二，我也不稀奇。」（《聞一多全集》十二卷第一二四頁）聞一多對自己第一部詩集極為認真；它的出版，對作者、對中國詩壇，都別具意義。

《紅燭》的出版，多賴梁實秋之助。一九二三年聞一多在美國，梁實秋還沒有留洋赴美，他為作者籌畫了《紅燭》的出版。最初，計畫用當年出版《〈冬夜〉、〈草兒〉評論》之法，自己籌錢印行。這在聞一多寫給家人的信中，講得極明白，錢是由他從留美的官費中節省下來的。後在梁實秋幫助下，郭沫若答應由泰東圖書局出版。聞一多知道後，覆梁實秋信中說：「《紅燭》交泰東，甚善，甚善。」（《聞一多全集》十二卷第一六〇頁）《紅燭》封面是聞一多自己設計的，他在美國雖然學美術，卻沒有畫封面，僅有「紅燭」二字，外邊加上框框，他原來的在書中「加插畫的奢望，也成泡影了」。這書原擬請梁實秋寫序，出版時也沒有。一本不足三百頁的處女作詩集，就這樣出版了，用普通白報紙印，大約印數也不會多，而且沒有再版過。

　　《紅燭》出版後，聞一多發現錯字極多，他在給家人的信中，這樣說：「泰東曾寄《紅燭》十本來，排印錯誤之多，自有新詩以來莫如此甚。如此印書，不如不印。初出頭之作家宜不在書賈眼裏。人間乃勢力如此，夫復何言！」（《聞一多全集》十二卷第一九四頁）作者對這本書的排印極為不滿，但在那個年代，他也沒有辦法。詩集出版後，在郭沫若幫助下，泰東老闆付了作者稿費八十元。

　　聞一多後來成為新月社的詩人，但在他參加新月社之前的詩作，多收在《紅燭》中。這些詩充滿著對真善美的熱烈追求，對愛情和快樂的嚮往，並歌頌青春，有著鮮明的反封建傾向；同時，在詩中抒發了對祖國的熱愛，對故土的懷念。在詩歌形式上，《紅燭》表現了作者對新詩多方面的追求和嘗試，他的構思、意象、語言能力等等，都彰顯了詩人的才氣。在中國新詩壇上，較早出版的幾部詩集中，《紅燭》比較有影響，這也奠定了聞一多在詩歌史上的地位。

　　《紅燭》出版後，沒有再版過，直至一九四八年八月開明書店出版四卷本《聞一多全集》時，《紅燭》才收入其中。如今在十二卷本《聞一多全集》（湖北人民出版社一九九四年一月出版）裏，《紅燭》收在第一卷中。因此，泰東圖書局一九二三年版《紅燭》，在新文學的初版本中，是較為珍稀的，因為它只印一次，傳世不多。特別是聞一多晚年成為民主鬥士，被國民黨特務殺害後，他的作品刊本就更加被重視了。記得我收藏的《紅燭》，是上個世紀五〇年代中期，得之於東安市場中國書店，定價1.50元，這是當時同類書籍的三倍呢！如今半個世紀過去了，要找初版本《紅燭》怕也不易了。論經典藏書，《紅燭》應當是一種吧！

（原載《藏書報》2006年1月2日）

〈孫福熙的《山野掇拾》〉一文補正

讀《藏書報》（2006年1月16日）上鄭豫廣先生大作〈孫福熙的《山野掇拾》〉一文，感到他對《山野掇拾》一書的版本表述有誤，特作此補正。

鄭先生文中說：「《山野掇拾》，北新書局一九二五年二月初版，一九二七年二月再版，三十二開，毛邊本，三〇一頁，插圖四幅。」此說的初版書局是不對的。據我考察，孫福熙這本散文集，雖然印過四次，卻換過三家出版社。正確的應該是：北京新潮社一九二五年二月初版，為「新潮社文藝叢書」之一種。北京北新書局一九二七年二月再版。上海開明書店一九二九年十月三版；一九三一年十月四版，為「普及本」。初版二七三頁，再版內容略有變化，三〇一頁，三版、四版與再版相同。此書雖換過出版處，實則是用一付版型付印的。

我想，鄭先生是依據再版本的版權頁著錄初版本的出版時間和出版處的。這樣，

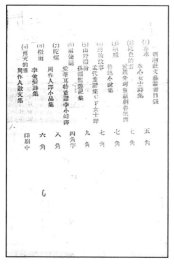

初版時間不錯，出版處卻不對，實則一九二五年二月北新書局雖已成立，但新潮社並未消亡呢。上個世紀二、三〇年代出版的新文學書，常有這樣一種情況：一本書初版後，換了一家書店再版或三版，在版權頁上，版次是接著算的，時間也都不錯，但卻很少說明過去哪些版次是哪裡出版的，使人們誤以為也是他們出版的。編目、講版本如果不察，常常被這些後出的版權頁誤導，害人不淺。特別是前後兩個書店關係密切者，這種現象尤為普遍。我在〈新文學版權頁研究〉（刊《文學評論》2005年第6期）一文中，曾闡述了這種現象，並舉了周作人《雨天的書》的版本做例子，那情況與《山野掇拾》相似。李小峰原為新潮社的一員，十幾種「新潮社文藝叢書」多他經手所印，新潮社解體後，他創辦了北新書局，新潮社那些書，後來多由北新書局再版了，北新版的版權頁上，版次都是銜接著新潮社版排的，再版或三版指北新版，初版都是新潮版。鄭先生不察，説《山野掇拾》

一九二五年二月的初版也是北新書局就欠準確了。

北新創辦，孫伏園曾大力支持，他弟弟孫福熙自法國回來後，北新不僅為他出版《山野掇拾》、《大西洋之濱》，還請他做了編輯。但在一九二七年前後，孫氏兄弟與北新書局產生了矛盾，孫福熙離開了北新，《山野掇拾》從第三版起，改由開明書店印行，他後來出版的《歸航》、《北京乎》，也全由開明出版了。請看，文人之間的關係就如此微妙呢！

依我瞭解的情況，作了如上補正。我想，也說明了一個問題，講新文學版本，要依據實物，若使用第二手材料，則該多小心呢！我所說如有不妥，盼方家教正。

（原載《藏書報》2006年2月20日）

探索《老張的哲學》初版時間

讀老舍先生的第一部長篇小説《老張的哲學》，1926年寫於英國，是他在倫敦大學東方學院任教期間的作品。發表在《小説月報》第十七卷第七號至第十二號上，一九二六年十二月連載完畢。該書作為「文學研究會叢書」之一種，由商務印書館出版。那麼，它的初版時間是哪年哪月呢？

原本這不存在問題，多年來在各種工具書上都著錄為《老張的哲學》，一九二八年一月商務印書館初版。舉例説，我手邊有三部《老舍年譜》，都如此著錄。我查《民國時期總書目》、《中國現代文學總書目》、《文學研究會資料》、《老舍資料考釋》、《老舍著譯編目》全是如此著錄。再翻閱《老舍文集》第一卷，《老張的哲學》就收在這一卷，在卷前「説明」裏，也説它是一九二八年一月初版。正巧我藏有商務印書館再版本《老張的哲學》，該書版權頁上是：「中華民國十七年一月初版」、「中華

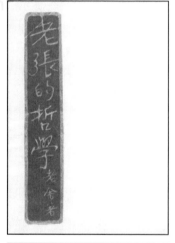

《老張的哲學》版权頁（初版本）
（據《消逝的風景》第166頁復印）

民國十七年十一月再版」。這裏，再版本上印著的初版時間，也是一九二八年一月，這能不相信嗎？我上引那些工具書和著作，頗有權威，應當不會有錯誤。因此多年來，我都如此認為；退休前給學生講課，也如此說。

最近，山東出版了一本厚書：《消逝的風景》（山東畫報出版社2005年8月第1版）。這是中國現代文學館的工作人員唐文一、沐定勝先生著的，前邊還有他們館長舒乙先生的序言。這是一本書話集，講新文學版本，使用的是他們的館藏圖書，書的副標題是〈新文學版本錄〉。我在拜讀此書時，發現第一六五至一六七頁，正是講《老張的哲學》。這書有一個最大的優點，它與一般書話集不同，影印了書的封面外，還插入了許多書的版權頁書影。這可是研究版本者的寶貝，一本書的版權頁，是它的檔案材料，是討論版本問題的實物和依據。在書的第一六六頁上，有《老張的哲學》初版本的版權頁，雖然圖像小了點，但用放大鏡可以清楚看到，印的是

「中華民國十七年四月初版」。一張版
權頁，提出了與目前各書著錄的《老張
的哲學》初版本的不同時間，那麼究竟
哪個正確，為什麼書的初版時間有一月
和四月兩種？這可真是讀書讀出的一個
問題。

　　我是一個「打破砂鍋問到底」的
人，是一個癡迷於新文學版本的研究
者。依照我的推測，有如下兩種可能
性：

　　其一，《老張的哲學》初版本傳世
極少，再版以後各版上，將初版月份印
錯了，各書依據版權頁上的錯誤初版時
間著錄，自然也錯了。

　　這個可能性是存在的。在舒乙為
《消逝的風景》寫的〈序〉中，這樣
說：「以老舍先生的處女作長篇小說
《老張的哲學》為例，……一般的圖書
館裏有第二版、第三版、第四版等等，
唯獨找不到初版。……家裏曾有一本，
捐給了文學館。唐弢先生的藏書裏有一
本，也捐給了文學館。總之，極其稀
少，這是肯定了的。」查《民國時期總

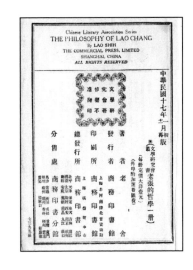

書目》，它著錄的《老張的哲學》商務本有：一九二八年一月初版，一九二九年十一月三版，一九三二年十二月國難後一版，一九三四年四月國難後二版。再後就不抄了，再加上我的藏書，一九二八年十一月再版，早期版本就齊了。再版本版權頁上，初版時間已然印成了一月，如果以後都從它錯下來，版權頁上的初版時間，不都成了「中華民國十七年一月初版」了嗎？

其二，當初商務印書館出版《老張的哲學》時，就先後印了兩個初版本。一九二八年一月印了一個，一九二八年四月再印時，沒印再版，又印了個初版。

在二〇至四〇年代，這種現象發生過：一家書店出版一本書，竟然先後印了兩個初版本。據我考察，這種書有好幾本，其中還有名著。算《老張的哲學》發表、出版時間，這種事也不是不會發生。試想，老舍的第二部長篇小說《趙子曰》，一九二七年三月至十一月刊於《小說月報》，商務印書館一九二八年四月初版，一九二八年十一月再版。那麼，老舍的第一部長篇小說《老張的哲學》，一九二六年七月至十二月刊於《小說月報》，商務印書館完全來得及一九二八年一月初版，如是，一九二八年四月這個初版，該是再版，我那一九二八年十一月的再版本，按順序就是三版了。在時間上這是允許的，實際如何就不好說了。

以上二則，均為推斷，不能完全解決問題。但我研究新文學版本，已經到了鑽牛角尖的程度，讀書讀出了一個問題，不寫出來就不舒服。我想，我們從《消逝的風景》一書中，已經見到了中國現代文學館所藏《老張的哲學》一張初版本版權頁，現在我迫切希望看得見

一本版權頁上印著「中華民國十七年一月初版」的《老張的哲學》，否則，單靠眾多的書目、著作上著錄著「一九二八年一月初版」是不夠的，那都是第二手材料。講版本要憑實物，否則，誰知道那些書是依據什麼著錄的呢？

現在，一個執拗的讀書人向廣大書友求教，向前述各種著作的編著者求教，你們是否見過一本一九二八年一月初版的《老張的哲學》。如果真有這樣的初版本，請告訴我，如果能將版權頁複印件寄下，那更是感激不盡了。請原諒一個癡迷新文學版本的人的唐突。

（原載《泰山週刊》總727期，2005年12月13日）

略說《〈冬夜〉〈草兒〉評論》

在我的藏書中，有一本薄薄的《〈冬夜〉〈草兒〉評論》，記得這是四十年代末，我剛上北京四中讀書時得之於冷攤上的。當時年幼不懂得版本的好壞，翻過便丟在一邊。四十多年後，它居然沒有遺失，可謂幸事。

這是本很有價值的書，為中國新文學史上較早出現的一本評論集。《〈冬夜〉〈草兒〉評論》為三十二開小冊，內收聞一多的《〈冬夜〉評論》和梁實秋的《〈草兒〉評論》。全書只有一百頁，封面為淡紫色圖案，白底上印著一個圓圖，上頭一個少女坐在牛背上，彈著琵琶。圖下為書名：《〈冬夜〉〈草兒〉評論》，採用美術字體，其下有一行字：「清華文學社叢書」。封面的四周，圈著邊框，也是淡紫色的。新文學書的封面，早期較為樸素，沒有後來的繁複，它也保留了這個特色。版權頁上寫明，為「清華文學社叢書第一種」，「發行者　清華文學社」，「印刷者　公記印書局」，出版年

代是「民國十一年十一月一日」，即一九二二年。

　　清華文學社是二十年代清華學校的學生文學社團。聞一多、梁實秋是發起人，這裏曾出現過一批名作家，除聞、梁外，像朱湘、顧一樵、孫大雨、饒孟侃、吳景超等就都是的。當時的清華，還沒有改為大學，它完全是一所留美的預備學校，學制八年，相當於中學和大學預科。在「五四」運動的影響下，一群愛國青年成立了清華文學社，他們寫詩、寫評論，在校內的《清華週刊》上發表，抒發愛國情懷，評論讀過的新文學作品。聞一多的《〈冬夜〉評論》、梁實秋的《〈草兒〉評論》，均為長篇論文，沒有在刊物上發表過。據梁實秋在《談聞一多》中說，《〈冬夜〉評論》曾投寄《晨報副刊》，但石沉大海，便索性寫了《〈草兒〉評論》，「二稿合刊為《〈冬夜〉〈草兒〉評論》，由我私人出資，交琉璃廠公記印書局排印，列為『清華文學社叢書第一種』，於一九二二年十一月一日出版。

一多的這一篇《〈冬夜〉評論》可以説是他學生時代最具代表性的論文。」

俞平伯的《冬夜》和康白情的《草兒》，都是新文學運動初期比較有名的新詩集，出版於胡適的《嘗試集》之後，當時曾獲好評。聞一多、梁實秋，初登文壇，就對它們進行了批評，表現了作者的銳氣。聞一多對俞平伯的《冬夜》，多有指責，他對某些新詩人的強調「平民風格」，強調白話，不以為然，而認為詩首先須是詩，他注重詩的藝術、詩的想像、詩的情感。他説：「不幸的詩神啊！他們爭道替你解放，『把從前一切束縛「你的」自由的枷鎖鐐銬⋯⋯打破；』誰知在打破枷鎖鐐銬時，他們竟連你底靈魂也一齊打破了呢！」聞一多的見解，被歷史證明是正確的，沒有詩味的詩，在文學史上很難占一席地位。

梁實秋是位在中國現代文學史上有爭議的人物。但無論如何，他是一位有影響的評論家、一位著名的教授和英國文學專家。解放後長期居住臺灣，進行筆耕和教學，正當他預備動身回北京訪問、探親時，卻因心肌梗塞去世了。作為他學生時代的《〈草兒〉評論》，也見出作者的見解和銳氣。他説：「《草兒》全集五十三首詩，只有一半算得是詩」。「《草兒》就是做的太隨便」，「就全體講來，是創作得太濫」。就基本出發點説，聞、梁是一樣的。就是：詩必須是詩。這個觀點，也許對今日的詩壇，不無參考價值。

《〈冬夜〉〈草兒〉評論》是自費印的，不知印數多少，但估計不會多的，而海內留存的，恐已是孤本了。聞一多的《〈冬夜〉評論》後來編入了開明版的《聞一多全集》中；而梁實秋的一篇，似乎

沒有再收集印行。正因為這本小書留存不多，所以有些研究聞一多的人也沒見過。在一本著名的《作家評傳》中有人寫〈聞一多〉，這樣說：「他的第一本評論集《〈冬夜〉評論》即作為清華文學社叢書出版的。」顯然不合事實，這書不是聞一多個人的評論集，書名也不是如此，足見作者也沒有見過此書。

（原載《師大週報》第221期，1989年12月8日）

《駱駝祥子》的三種文本和四樣結尾

老舍先生在〈我怎樣寫《駱駝祥子》〉中，曾明確表示已發表過的作品不願意修改。他說：《祥子》最使他不滿意的地方，是收尾太慌了一點，「應當多寫兩三段才能從容不迫地剎住。這，可是沒法補救了，因為我對已發表過的作品是不願再加修改的」。但在二十世紀五○年代，在知識份子思想改造的大背景下，老舍還是不得不修改《駱駝祥子》。據我所知，這部小說有三種文本傳世，我略作介紹，供喜歡收藏《駱駝祥子》的朋友參考。

《駱駝祥子》從一九三六年九月至一九三七年十月，連載於《宇宙風》第二十五至四十八期。一九三九年三月人間書屋初版，一九四一年十一月文化生活出版社初版，一九五○年五月晨光出版公司出版。從發表到單行本，都是同一個文本，而且三家出版社出單行本，使用的是同一個紙型。這是目前傳世的第一個文本，可稱為原本或初版本。

　　一九五一年八月，《老舍選集》由開明書店初版，收入《駱駝祥子》是經過作者大大刪節的，刪節後不足十萬字。文末注明「據《駱駝祥子》刪節」。這個文本沒有作單行本出版過，只存在於《老舍選集》中，作者稱它為「節錄本」。這是傳世的《駱駝祥子》的第二個文本。五〇年代開明版《老舍選集》印數相當多，因之這個文本存世不會少。一九五五年一月，作者修訂後的《駱駝祥子》由人民文學出版社初版，這是這部小說的第三個文本，我們稱為修訂本。因為作者不願修改已發表的作品，但在那個年代又不能不改，作者便用了刪削的辦法。老舍說是「刪去些不大潔淨的語言和枝冗的敘述」，此外還刪掉了阮明這個人物。此本又可稱為通行本，因為從五〇年代後，這個版本長期流行，到一九七八年還重印過這個版本。一九八二年後，《老舍文集》、《老舍小說全集》、《老舍全集》中的《駱駝祥子》，才恢復了初版本的面貌。

初版本《駱駝祥子》共二十四段，最後兩段為結尾，寫了祥子的逐漸墮落。這是第一種結尾。到了《老舍選集》的節錄本，將第二十四段刪去，二十三段也只剩了約三分之一，這就是第二種結尾了。晨光本《駱駝祥子》在一九五二年一月出「改訂本四版」時，因為那時《老舍選集》已發行，作者為了與之相一致，就把第二十四段開頭的大部分文字，從紙型上挖掉，僅保留了這一段的最後八個自然段，收束全書。這種結尾，就是《駱駝祥子》的第三種結尾了。到一九五五年出版修訂本時，老舍先生則刪掉了小說的第二十三段的一半和第二十四段的全部，使小說沒有了結尾。這就是《駱駝祥子》的第四種結尾，也是解放後這部現代文學名著長期流行的一種樣子。

二十世紀八〇年代，我研究《駱駝祥子》的版本源流，翻閱了當年能找到的所有版本。當時，找不到晨光版「修訂本四版」，同時也發現趙家璧先生在〈老舍和我〉（《新文學史料》1986年

2、3期）中對晨光初版本的回憶有誤，於是，寫信向趙先生求教，並告訴他回憶與版本情況不一致。趙家璧先生收到信後，對問題進行了仔細核對，然後寫來長信回答問題，並表示將來出書時改正自己的誤記，表現了老一輩學人謙虛的態度和嚴謹的學風。趙先生去世已好幾年了，每當我讀他一九八七年六月二十日那封來信時，都會為他的精神所感動。今願借介紹《駱駝祥子》版本的機會，將趙先生來信一併公佈。信中關於《駱駝祥子》出版的史料，也許是廣大喜愛新文學版本的朋友所願聞的吧！同時，發表這封來信，也是對趙家璧先生的一個紀念。

（原載《舊書信息報》2004年2月9日）

【附】趙家璧先生覆朱金順信

朱金順同志：

今年二月中，接讀你指出發表於《新文學史料》內拙作〈老舍和我〉一文中關於《駱駝祥子》作者修改結尾處的版本和時間與史實不符，蒙你細心考證，非常感謝。因我自己手頭並無解放前的人間書屋本和文化生活本，連晨光的版本，我也僅留有一冊（即1952年1月改訂本四版），未經調查研究，未能奉覆，甚以為歉。我曾將尊函轉託上海師大老舍研究專家史承鈞同志懇求代為查核，也由於該校資料室的老舍版本並不全備，沒有給我滿意的答覆，以致應當覆你的信拖延至今，罪甚罪甚。

四月底，我去北京訪問老舍之子舒乙同志，他任中國現代文學館副館長，對老舍作品的不同版本，搜集既廣，又極瞭解當年他父親生前在極「左」思潮下，被迫修改舊作的史實，有些，對我也是初次聽到。我把他來信摘錄轉告：

《駱駝祥子》一九四一年十一月在重慶印初版。一九四九年二月在上海印八版，都無刪節，因第八版全文完整的。一九五〇年五月晨光初版，無刪節；五〇年四月，他在紐約寫了新序。

一九五一年八月，上海開明書店出版《老舍選集》，內收的《駱駝祥子》第一次有刪節，第二十四節全刪，第二十三節也刪了三分之二。這一刪節工作，實際上是一九五〇年五至六月間進行的。因《選集》的序註明是一九五〇年六月寫的。

從舒乙上述諸節，我想起文生印的就是人間書屋的版本，我從文生拿到的也就是人間書屋給文生的舊紙型。經過你的細心核對，證明是我因年老記憶力差，給你完全講對了。

　　至於晨光版一九五二年一月改訂本四版，是這樣一回事：作者既已在一九五一年開明版上作了刪節，晨光印第四版時，根據作者的要求，在原紙型上作了刪節，保留第二十三節，僅在第二十四節開頭處，刪去了一大段，從「入了秋」後保留八段，即作結束。

　　現查人文版《老舍文集》第三卷，所收《駱駝祥子》，第二十三節全部未動，第二十四節似是作者新補的。可見研究現代文學，也要講究版本學了。再次向你致謝，拙文收集時當重寫。

　　　　即頌
著安

　　　　　　　　　　　　　　　　　　　　　趙家璧
　　　　　　　　　　　　　　　　　　　　　87，6，20

巴金的中篇小說《萌芽》

《巴金全集》第五卷收有中篇小說《雪》。巴金先生這部小說，名字最多，版本也最多，這在中國現代文學史上，也是少見的。

一九三一年十二月，巴金應友人之邀，到浙江長興煤礦去參觀，瞭解了礦工生活，並到前不久發生大爆炸的礦井去實地考察。一九三三年，他用這些素材應約寫了中篇小說《萌芽》，連載在一至五月的《大中國週報》上。小說描寫了舊中國礦工的非人生活，寫了他們的覺醒和鬥爭。《萌芽》一九三三年八月由上海現代書局初版，列為「現代創作叢書」之八。印了兩千冊，沒有售完便被國民黨政府的圖書審查委員會禁止了。

第二年，巴金改換了小說幾個重要人物的名字，並重寫了結尾，改名為《煤》，交給了上海開明書店出版。《煤》排好版，打了紙型，剛剛在報刊上登出預告，圖書審查委員會看了清樣，便下令停印了。《煤》沒

能出版，只有巴金先生保留了一份清樣，如今送給了中國現代文學館收藏。

巴金很不服氣，就向開明書店買下了紙型，改書名為《雪》，用美國三藩市平社出版部名義，自印了一千冊，託生活書店秘密發行。後來，巴金又用了這個版型，交書店公開出版，這就是文化生活出版社一九三六年十一月初版的《雪》，列為「新時代小說叢刊」之一種。這樣，一部中篇小說就有了三個書名，三個版本。

據唐弢先生說，除上述三種外，他還藏有《雪》的兩個版本。一個是新生出版社出版的本子，書名為《萌芽》，沒有出版的年代，封面的圖案與開明書店版的《滅亡》、《新生》相同。另一個是書名為《朝陽》的本子，版權頁標明是新生出版社一九三九年二月出版，封面圖案與上書相同。紙型兩書一樣，都與《萌芽》初版本同。據唐先生推測，這是現代書局版《萌芽》被禁後，用那紙型重印的。（參閱《唐弢文集》第5卷第360～361頁）我認為，唐先生推斷

不錯。我也藏有這樣一個版本，確為現代書局版《萌芽》紙型重印。也是新生出版社出版，其他與上述兩個版本同，唯書名作《萌芽》，卻有出版年代，標明為一九三九年二月初版，是「新生文藝創作叢書」之一種。看來，用現代書局版《萌芽》版型重印的版本，樣子還不少呢！

巴金先生這樣一部小說，書名就有《萌芽》、《煤》、《雪》、《朝陽》四個。解放前，它的文本只有兩個，而版本卻有好幾個。關心新文學版本的朋友，如果將這眾多的本子收集起來，該是多麼有趣啊！也許，在上述之外，還能發現什麼新的翻印本呢，那就更有意思了。

（原載《虹口文化》2001年第4期）

艾青詩集的幾個珍本

中國的新詩，從《嘗試集》算起，已走過了八十多年，也出現了一批著名詩人，艾青先生就是其中傑出的一位。他有五卷本《艾青全集》出版，要讀他的詩作是不困難的。他一生雖有二十多本詩集出版，但今天要見那些原刊本怕已不易，特別是二十世紀三、四〇年代的初版本，更是收藏者的珍稀物了。

艾青的第一本詩集——《大堰河》，一九三六年十一月初版，為自印本，印數極少，難以見到。這個珍本，我一直沒有見過，在一些書目、辭典上作書影出現的，也往往是它的第二個版本。文化生活出版社一九三九年八月出版的《大堰河》，為巴金編的「文學小叢刊」第一集的一種。連這個版本也不容易得到了。

一九三九年十一月，艾青的《他死在第二次》，上海雜誌公司在重慶初版，這是艾青的第三本詩集，內收短詩七首和長詩〈他死在第二次〉。這詩集為鄭伯奇主編的「每

月文庫」第一輯之六，初版印數三千冊。集中的詩，是反映抗日戰爭的：〈吹號者〉寫了一個傷兵的感受；〈他死在第二次〉則寫詩人見到了戰爭，寫出了對生命的體驗。《他死在第二次》是艾青一個很珍稀的詩集，初版三千冊怕存世也已不多。我那一冊購於一九六四年。從存下的發貨票知道，是在琉璃廠的邃雅齋所買，要價三角。這種初版本，今天已不易找到了。

一九四〇年六月，艾青著名的長詩《向太陽》出版。一九三八年四月，艾青從西安回到武漢，寫出了長詩〈向太陽〉，歌唱了民族的奮起與抗爭，及詩人必勝的信念。長詩發表在一九三八年五月出版的《七月》上。後胡風編入「七月詩叢」，一九四〇年六月在香港海燕書店初版，為三十六開本，一九四二年三月在桂林印過第二版。抗戰勝利後，《向太陽》作為胡風主編的「七月詩叢」之一種，一九四七年三月由上海希望社出版，這已是《向太陽》的第三版了。胡風將它改為三十二開

本，並親自設計了封面。它雖晚出，亦
為珍本。由於二十世紀五○年代初的反
胡風運動，所以此本傳世也不多，印本
多在「運動」中銷毀了。我藏的一冊購
自二十世紀五○年代初，僅用五分錢。
但它怎麼躲過了一九五五年那場「運
動」，連我也說不清楚了。

　　一九四四年十一月，艾青的《雪
裏鑽》，重慶新群出版社初版，建國書
店總經銷，為「新群文藝小叢書」之一
種。五十開本，土紙印。薄薄一冊，初
版僅印三百冊。雖是土紙本，書品極
佳，封面裝幀和插圖兩幅，均由畫家余
所亞作。書內收長詩兩首：〈雪裏鑽〉
讚揚了一位戰士和他的戰馬雪裏鑽；
〈索亞〉則歌頌了蘇聯衛國戰爭的女英
雄索亞。四○年代艾青在延安，他這抗
戰的詩篇則在重慶出版了。這土紙印的
小書，記載著抗日艱苦年代的歲月，能
保存下來也極不容易。我沒有此書，我
見到的是北師大中文系資料室的一冊。
抗戰後和新中國成立後，《雪裏鑽》均
在上海重印過，但一九四四年的土紙袖

珍本，是艾青詩集的一個珍本。

　　一九四五年六月，艾青的《獻給鄉村的詩》，昆明北門出版社初版。集中收詩作十七首，都是寫農村的。作者在〈序〉中說：「我生長在中國農村，寫了些農村的詩。……新的農村，新的農民正在中國生長，這是值得中國的詩人們拭目注視的。我的這個集子，寫的是舊的農村，用的是舊的感情。我們出身的階級，給我很大的負累，使我至今還不可能用一個純粹的農民的眼光看中國的農村。」〈序〉寫於一九四四年四月二十六日，詩人是在總結自己的思想，將這些不是一時所寫，但都是關於農村的詩收集起來作個結束。他在等待著抗日戰爭的勝利。這本詩集也很珍貴，對研究艾青的思想很有價值。可惜一九四五年昆明北門出版社本已不可見，我見到的是北門出版社在上海印的第三版，為一九四七年十月所印。北師大中文系資料室藏有此書，書況極佳。

　　艾青詩集的珍本，當然不止這些，我不過將收藏的和見到的幾本作簡要介紹。愛惜和珍藏這些版本吧，它們記載著詩人和時代的印痕！

（原載《舊書信息報》2004年3月1日）

冰心三十二歲就編《冰心全集》

冰心女士，本名謝婉瑩。一九〇〇年十月五日生於福州市，所以，她說自己是世紀的同齡人。一九一九年五四運動爆發時，她是協和女大理預科的學生。為了宣傳的需要，開始用「冰心」這個筆名發表作品，所以她說自己是被五四運動震上了文壇。她在《晨報》上發表的小說〈兩個家庭〉、〈斯人獨憔悴〉、〈去國〉等，曾產生廣泛影響，被稱為「問題小說」的代表；同時還寫了不少小詩和散文。一九二一年八月，冰心從預科畢業，改入燕京大學文本科。

冰心是一位勤奮的大學生，又是一位卓有成就的女作家。一九二三年一月，詩集《繁星》由商務印書館初版，為「文學研究會叢書」之一種。同年五月，小說散文合集《超人》由商務印書館初版，也為「文學研究會叢書」之一種。詩集《春水》也在這個月由新潮社初版，為新潮社「文藝叢書」之一種，該叢書由她的老師周作人編纂。這三

本書奠定了冰心女士在「五四」文壇的
地位。一九二三年七月，冰心以優異的
成績畢業於燕京大學，並獲得「斐托斐
名譽學會」金鑰匙獎，還獲得美國威爾
斯利女子大學研究院的獎學金，同年八
月赴美留學。在美期間，她寫了「寄
小讀者」的通訊二十七篇和〈山中雜
記〉，陸續刊於《晨報》上。一九二六
年五月這些文章被輯為《寄小讀者》，
由北新書局初版。稍後，還有《往事》
（開明書店1930年1月版）、《南歸》（北
新書局1931年9月版）、《姑姑》（北新書
局1932年7月版）等小說、散文集出版。
這時期，冰心女士的作品因為相當暢
銷，盜版現象極為嚴重。

在《冰心全集》的〈自序〉中，
作者講述了這樣的事。一個小朋友向她
要新作，書名是《冰心女士第一集》，
後來找來一看，作品倒是自己的，而
「選集之蕪雜，序言之顛倒，題目之變
換，封面之醜俗」，令冰心很不痛快。
又一次，東安市場書攤的夥計向她推銷
一本《冰心女士全集續編》，作者翻翻

目錄，竟有〈我不知為你灑了多少眼
淚〉、〈安慰瘋了的父親〉、〈給哥哥
的一封信〉這樣的標題。看看內容，冰
心很生氣，因為「這幾篇不知是誰寫
的」。她說：「文字不是我的，思想
更不是我的，讓我掠美了！我生平不敢
掠美，也更不願意人家隨便借用我的名
字。」就是在這種「禁者自禁，出者自
出」的形勢下，冰心應北新書局主人之
請，在一九三二年——即她三十二歲的
時候，編輯了《冰心全集》。

　《冰心全集》分為三冊，即《冰心
小說集》（《冰心全集》之一）、《冰心
詩集》（《冰心全集》之二）、《冰心
散文集》（《冰心全集》之三）。三冊
合起來是「全集」，同時又各自成冊，
單獨發行。初版時間依次為一九三三年
一月、一九三二年八月和一九三二年九
月。均為大三十二開本，版式一樣，封
面統一，極為樸素大方。封面上方的書
名為自右向左橫寫；下有「北新書局
印行」字樣，亦橫書。書名上方均有
「冰心全集」四字，表明這是一整套書

的三分冊，但各自定價，單獨發售。在《冰心全集》之一的《冰心小說集》中，有一篇長達十九頁的〈自序〉，於一九三二年清明節寫於香山雙清別墅。冰心女士為《冰心全集》所寫的這篇〈自序〉非常重要，全面回顧了自己的生活和創作，也說明了為什麼沒進入中年就出版這部《冰心全集》。此文歷來被研究冰心女士的學者所重視，因為它坦率的回顧了作家的創作歷程。

《冰心全集》多為平裝本，有少數精裝本發行。三集各自印行，印數不詳。據一些實物和資料可推知，《冰心小說集》於一九三七年二月在上海印到第六版；《冰心詩集》於一九三四年八月在上海印到第四版；《冰心散文集》於一九三六年一月在上海印到第七版。抗戰爆發後，好像後方還曾印過。不論怎樣，這部六十多年前出版的《冰心全集》如今已存世不多，要找到已不易，我們應當珍視它。

二十世紀四〇年代初，冰心人在重慶。《冰心全集》難以重印，而各種冰心作品的盜版本卻在各地印行。於是，冰心將「全集」改為《冰心著作集》交開明書店出版。巴金在《冰心著作集・後記》中這樣說：「有一天我同冰心談起她的著作，說是她的書應該在內地重印。她說：『這事情就託給你去辦吧。』我答道：『好，讓我給你重編一下。』就這樣接受下來她的委託。我得到作者的同意把編好的三冊書交給開明書店刊行。」這次重編極其簡單，在北新書局版三冊《冰心全集》基礎上，改名《冰心著作集》，仍為三冊，《冰心詩集》沒有增添，小說、散文兩集各在後邊加上少數幾篇作品。書為小三十二開本，三冊版式統一，封面相同，僅換一種顏色。《冰心散文集》（《冰心全集》之三）於一九四三年七月由開明書店在桂林初版，

一九四九年二月在上海出版第七版；《冰心小說集》（《冰心全集》之一）於一九四三年八月由開明書店在桂林初版，一九四九年三月在上海出第六版；《冰心詩集》（《冰心全集》之二）於一九四三年九月由開明書店在桂林初版，一九四八年十一月在上海出第四版；這三種書的十多個版本也都距今半個世紀以上了，今日要收集也並不容易了。《冰心著作集》也是當年冰心女士編《冰心全集》的一種延續，在新文學版本史上自有其價值。

（原載《舊書信息報》2004年6月21日）

《達夫全集》版本小考

中國現代著名作家裏，有兩位是在創作力旺盛的青壯年時期就出了全集，因之引起文壇的關注。一位是冰心女士，出版了《冰心全集》；再一位是郁達夫先生，出版了《達夫全集》。為什麼這麼早就出版全集呢？冰心說是因為盜版本、冒名者太多，應北新書局主人之請出版全集。而達夫先生，據說是因為夫人善理財，早早出了全集，不知確否？

《冰心全集》由北新書局出版，按文體釐為三冊，即《冰心小說集》、《冰心詩集》、《冰心散文集》。雖多次印刷，在版本上沒有歧異，著錄都很一致。《達夫全集》則版本較為複雜。在一些目錄的著錄上，在人們的引述上，常常不很一致，實有考索、辨證的必要。本人有幸藏有一套北新版的《達夫全集》，又查閱了相關資料，因作此版本小考。

《達夫全集》共七卷，是陸續編輯出版的。其前五卷的版本如下：

1、《達夫全集》第一卷《寒灰集》，
   創造社出版部一九二七年六月初
   版。

2、《達夫全集》第二卷《雞肋集》，
   創造社出版部一九二七年十月初
   版。

3、《達夫全集》第三卷《過去集》，
   開明書店一九二七年十一月初版。

4、《達夫全集》第四卷《奇零集》，
   開明書店一九二八年三月初版。

5、《達夫全集》第五卷《敝帚集》，
   現代書局一九二八年四月初版。

　　以上五卷在三家書店印行，《寒
灰集》印了三版，《雞肋集》印了二
版，《過去集》印了四版，《奇零集》
印了三版，《敝帚集》印了二版。大約
在一九二八至二九年作者收回了這五卷
的版權，一齊交給了北新書局。這樣從
一九二八年至一九二九年，新版的《達
夫全集》前五卷，就陸續出版了。這個
版本是重排的，為橫排本，三十二開毛
邊本，版式劃一，封面統一，樸素而大
方。我認為北新版《達夫全集》是新文

學著作版本中少見的珍本。

　　《達夫全集》第六卷《薇蕨集》，作者於一九三〇年十一月編好，由北新書局一九三〇年十二月初版。版式與前五卷同，也是三十二開毛邊本。《達夫全集》第七卷《斷殘集》，一九三三年五月編好，北新書局一九三三年八月初版，雖然版式、行數與前六卷一樣，但外觀已大不相同，改為三十二開小本，毛邊切掉，封面也換了，書品大不如前了。

　　我的一套《達夫全集》購於上個世紀六〇年代初，從定價標籤上可知，為東安市場舊書店所售，定價十元掛零。在當時，書價不便宜；但今天看來，此書很有收藏價值，可稱新文學的珍本了。此書的第六、第七兩卷，為北新書局的初版本。前五卷，版權頁上都有過去版本的記錄，也記載著北新版第一次印刷的年代，極具史料價值，我照抄如下：《雞肋集》，北新書局一九二八年十二月一日三版（實為北新書局之初版）；《過去集》，北新書局

一九二九年十月一日五版（實為北新書局之初版）；《奇零集》，北新書局一九二九年十月一日四版（實為北新書局之初版）；《敝帚集》，北新書局一九二九年九月十五日三版（實為北新書局之初版）。只有第一卷《寒灰集》版權頁未記，能查到的是一九二八年九月一日創造社三版，四版為北新書局版，沒標出年代，我這本為北新書局一九三一年四月一日七版。因此，考察不出這《寒灰集》北新書局第一版的年代了，從考據上來說有些不足。

　　一九三一年十二月，郁達夫寫了〈懺餘獨白〉，作了他編的《懺餘集》的「序文」。《懺餘集》由天馬書店一九三三年二月初版，為三十二開本，封面為陳之佛裝幀。忘了唐弢先生哪篇文章裏曾說《懺餘集》應看作《達夫全集》第八卷，不知可否？我有此書的初版本，從書中找不到《達夫全集》第八卷的字樣，但從集子題名風格看，確與《達夫全集》七卷的集名相一致。從編輯、出版的時間說，它早於《斷殘集》，此應為第七卷，《斷殘集》才是第八卷呢！

　　以上對《達夫全集》的版本年代和源流進行了粗略梳理，以饗同好。

（原載《舊書信息報》2003年11月10日）

《二心集》是魯迅先生的第六本雜文集，前五本均由北新書局出版。這一本收一九三〇年至一九三一年所作雜文三十八篇（內含譯文一篇），編好後也按過去習慣將稿子託北新書局店友帶去。先生要求：「此書北新如印，總以不用本店名為妥，如不印，則希從速將稿付還。」北新不願印行，稿本又回到魯迅先生手中。後馮雪峰將此事告訴阿英，請他設法。因當時急需用錢，希望將《二心集》和瞿秋白譯的高爾基的四篇小說一起賣出去。後經阿英介紹，將《二心集》和瞿譯小說一篇〈不平常的故事〉賣給了合眾書店，阿英還代魯迅先生寫了出售《二心集》版權的收據。《魯迅日記》一九三二年八月二十三日載：「將《二心集》稿售去，得泉六百。」這是魯迅著作中，唯一出售版權的一本。

《二心集》一九三二年十月由上海合眾書店初版，印數不詳，版權頁上沒有記錄。

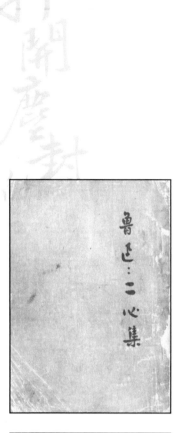

書為大三十二開本，木造紙印，正文三〇四頁，〈序言〉及目錄共十頁。灰黃色封面，紙上有暗花，沒有圖案，只在靠書背一側有：「魯迅：二心集」，直行，紅字。字為魯迅先生自書。初版版權頁上有：「民國廿一年九月付印　民國廿一年十月出版」、「發行者合眾書店　上海四馬路中太和坊五四五號」、「書價　實價壹圓」。書一出版，大受歡迎，同年十一月再版，第二年一月三版，八月又印了四版。一年之內就出了四版，在當年是少有的。但當時魯迅參加了自由運動大同盟和左翼作家聯盟，正受到國民黨的迫害，《二心集》很快被禁，第四版印出就被沒收了。魯迅也說：「我的文章，也許是《二心集》中比較鋒利。」合眾書店買得版權的《二心集》，很快被禁，自然不甘心，他們將書送去檢查，經國民黨政府之圖書雜誌審查委員會審定，從三十八篇中刪掉二十二篇後，准予出版。這樣，合眾書店將刪餘者，擬改名《拾零集》出版，商請於魯迅

先生。魯迅覆信說：「要將刪餘之《二心集》改名出版，以售去版權之作者，自無異議。」這樣，一九三四年十月，合眾書店出版了《拾零集》。魯迅先生逝世後，合眾書店用別的店名出版過《二心集》，抗戰勝利後，又用合眾店名出過四次劣紙的《二心集》，同時又以《拾零集》之書名，出過改頭換面的《拾零集》，也署合眾書店刊。但是，一九三二年至一九三三年的原版《二心集》，存世甚少，尤其是一九三二年十月合眾書店初版的本子，尤為稀少，是魯迅先生著譯中，難以尋到的珍本。

本人有幸得到了一冊初版本的《二心集》，查版權頁上購買此書的記載：「一九五〇年五月九日於東單小市」，而且是用「《諷刺文集》和翻版《二心集》換的」。算來這冊珍稀的初版《二心集》，在我手中已經保存了半個世紀以上。上個世紀五〇至七〇年代，我購到不少魯迅著譯的原刊本，《二心集》為其中之一。上引記載，勾起了一段收藏回憶。一九四九年九月，我考入著名的北京四中，那時家住崇文門外，每日要跨越半個北京城去念書，放學回家要經過東單小市，那裏有很多舊書攤，就這樣學會了買舊書。一九五〇年前後，書攤上有許多魯迅作品的盜印本、濫印本，《魯迅諷刺文集》、《魯迅雜感集》、《阿Q正傳》、《二心集》、《拾零集》等都是。開始，我不懂真假，圖便宜就買了好幾冊。常常去逛那舊書攤，也就和店主人熟了。道林紙毛邊本魯迅作品買多了，也就知道那些劣質盜印本的不好了。有一次，在一個熟攤上，發現了初版本《二心集》，愛不釋手，索價三角，也不算貴。正巧我那《諷刺文集》和劣質《二心集》在身邊，便好說歹說和他交換初版本《二心集》，從價錢上店主也不

吃虧，便成交了。如今，要說說自家的「私家經典」，就介紹了我的《二心集》珍本，以及收藏的故事。

（原載《藏書報》2006年5月8日）

魯迅譯法捷耶夫《毀滅》

蘇聯法捷耶夫的長篇小說《毀滅》，是描寫蘇聯國內戰爭的名著，由魯迅先生於一九三〇年譯出，連載於《萌芽》月刊，題名《潰滅》，署名魯迅。沒有連載完，刊物就被禁止了。此書原為神州國光社的「現代文藝叢書」之九，該叢書出了三本就停止了，《潰滅》沒能夠印出。

魯迅先生翻譯的這部《毀滅》，一九三一年九月三十日由上海大江書鋪初版，印數一千冊，譯者署名隋洛文。同時去掉了魯迅為譯本預備的〈作者自傳〉、作者〈著作目錄〉、〈關於《毀滅》〉、〈代序——關於「新人」的故事〉和譯者的〈後記〉。全書為三十二開本，白報紙印，封面除書名、著者、譯者、出版者外，僅有簡單的咖啡色圖案。書品極差，而且改了譯者名字。魯迅先生發表雜文和小說時所用的筆名很多，但他出版的譯作大多用魯迅這個筆名，很少改用其他的。所以《毀滅》出版時，書店怕用魯迅這個名字，要先生改名

時，魯迅就用了「隋洛文」這個署名。這是因國民黨「浙江省黨部呈請中央通緝『墮落文人魯迅等』」這件事，魯迅先生便給自己起了這個筆名，並曾多次使用過。

對大江書鋪版《毀滅》，魯迅先生很不滿意。在給友人的信中，他說：「此書是某書局印的，他們怕用我的名字，換了一個，又刪去序跋，但我自印了五百部（用他們的版），有序跋，不改名的，寄上時當用這一種。」（《魯迅全集》第12卷第59頁）魯迅先生自印的這部《毀滅》是部著名的版本，可謂新文學中的經典版本，值得收藏。

這部《毀滅》用三閒書屋名義出版，恢復了魯迅的署名，將大江書鋪刪去的序跋之類全部收入，書內六幅插圖依舊，並將大江書鋪版卷首的單色作者像改為三色版。此書改為二十三開本，文字用大江版原紙型，印出後，天地寬闊、舒朗，毛邊本，用道林紙精印。封面用淡綠色厚布紋紙，選用插圖中「襲擊隊員們」一幅為封面畫，居中，上有

作者（用俄文）、書名，下有「魯迅譯・三閒書屋校印」。封面和扉頁均由魯迅親自設計，扉頁上「毀滅」兩個漂亮的美術字也為先生親筆，其原稿如今還保存著。

　　三閒書屋版《毀滅》的版權頁上，有這樣的文字：一九三一年十月再版，l001─2000」、「實價大洋一元二角」。版權頁背面是三閒書屋書籍廣告：「三閒書屋校印，決不欺騙讀者的書籍」、「內山書店代售」。對版權頁上的「再版」二字，有人解讀錯了。在近日出版的《消逝的風景──新文學版本錄》（山東畫報社2005年8月第1版）中，唐文一先生說：「大江書鋪版只印了一版，三閒書屋版後來又再版過，因此，大江書鋪版就更顯珍貴了。」（第250頁）實際並不如此，三閒版上的「再版」是接著大江版說，大江書鋪一九三一年九月三十日初版，印一千冊，故魯迅先生用其版再印則稱為「再版」，印數為1001至2000冊。上引信中是說要印五百部，實則印了一千部。魯迅先生用三閒書屋名義，自費印了好幾種書，《毀滅》為其中之一，而且較為著名，影響很大。唐先生再一點不準確，是三閒書屋版只印了這一次，沒有再印過；相反，大江書鋪版在一九三三年八月再版了一次。算來，在《毀滅》收入一九三八年版二十卷本《魯迅全集》前，只印過這樣三版；之後的二十世紀四〇年代，卻又在幾處印過好幾次，版本似不那麼珍稀了。但是，《毀滅》的影響，卻遠播於抗戰的後方和解放區各地。

　　三閒書屋版《毀滅》，印製精良，書品甚佳，堪稱經典，在民國版圖書中是少見的。魯迅先生當年只印一千冊，而一九三一年十月印出後，恰逢「一二八」淞滬之戰，也影響了書的發行，如今傳世

甚少。據說魯迅曾將一〇二本三閒版《毀滅》，以半價售給光華書局，好收回一些成本，當年發行之難，此為一例。記得上個世紀五〇年代，為了這三閒書屋版《毀滅》，我曾在北京各舊書店找了許久，最終在西單商場得到一本，書品尚好，卻被書的主人切去了毛邊，後來想找一本毛邊的，也終於不可得。可知，三閒版《毀滅》之不易找到，五十年前已如此了。

讓我們收藏魯迅先生親手經營的《毀滅》，珍愛這三閒書屋版《毀滅》吧！

（原載《藏書報》2005年12月5日）

有過一本《死魂靈殘稿》

魯迅先生最後一部譯作是《死魂靈》，所以在一九三八年出版第一部《魯迅全集》時，把它編入第二十卷。這是魯迅先生一部經典性譯品，解放前一直由文化生活出版社出版。據書目記載，在上海出過十四版，抗戰期間還出過桂一版和渝一版。《舊書信息報》二○○一年第三十八期上，鄭豫廣先生介紹的，便是上海文化生活出版社出版的渝一版了。解放後，人民文學出版社還多次重印過。

俄國作家果戈理的《死魂靈》計畫寫三部。第一部寫好並順利出版。「第二部完成後，他竟連自己也不相信了自己，在臨終前燒掉，世上就只剩下了殘存的五章。」（魯迅語）先生晚年，為譯《死魂靈》，熬住身體的虛弱，堅持工作，但還是沒有譯完。殘存的第二部五章，只譯出了兩章半就與世長辭了。所以，一再重印的《死魂靈》是部缺失兩章半的譯本。

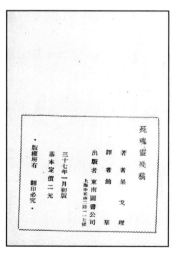

為了彌補這個缺憾，在上海成為孤島的一九三九年，鮑群譯出了魯迅先生沒譯完的這兩章半，經許廣平先生介紹，發表在《魯迅風》第十九期（1939年9月5日出版）上。而這一期竟是該雜誌的最後一期，接著《魯迅風》就被迫停刊。

魯迅先生未譯出的兩章半殘稿，在抗戰勝利後，以《死魂靈殘稿》為書名正式出版。薄薄一冊，小三十二開本，六十頁，一九四八年一月由東南圖書公司出版。我收藏此冊近五十年，恐怕是極難見到的，因為很少有人提起它。譯者鮑群在〈譯後記〉中説，《死魂靈殘稿》在《魯迅風》發表時，王任叔先生寫了引文，有言曰：「魯迅先生譯文，終於第三章中的一部分……茲由鮑群接續先生譯文之後，將第三章之另一部分及其餘兩章譯出，或可稍釋先生之遺憾於百一。」譯者最後説「謹以此書紀念魯迅先生逝世十周年。」

《死魂靈殘稿》早被人們忘記了。讀到介紹渝版《死魂靈》的文章，想

起這本小書，介紹給喜歡收藏民國版書刊的朋友。收藏舊書，多有樂趣，特別是那些冷僻的不為人知的小冊子，更該加以注意呢！

（原載《舊書信息報》2001年12月10日）

柔石的處女作《瘋人》

「**左**聯」五烈士之一的柔石，生前出版的著作共有五種：中長篇小説《三姊妹》、《舊時代之死》、《二月》和短篇小説集《瘋人》、《希望》。這些原刊本，目前已不易見到，其中最難找的是他的處女作《瘋人》。這本書，是新文學的一個珍本，絕對是個「新善本」。

《瘋人》一九二五年元旦出版，是作者自費出版的，由寧波華陞印局代印。作者署名趙平復，此為柔石的本名。該書為三十二開本，目次一頁，正文九十六頁，道林紙印，毛邊本。書內收短篇小説六篇，均為一九二四年創作。篇目依次為〈瘋人〉、〈前途〉、〈無聊的談話〉、〈船中〉、〈愛的隔膜〉、〈一線的愛呀！〉。

這六篇小説，確為柔石的處女作，都沒有單獨發表過，是作者將其集在一起，自費印行的。當時柔石正在浙江慈溪的普迪小學教書，這些作品是他教學之餘創作的。小説

民國十四年元旦出版

寧波華陞印局代印

實售小洋四角

表現了五四運動退潮後青年知識份子的苦悶和彷徨。對於思想的苦悶、對於愛情的追求和苦悶、對於前途的苦悶等等，都在小說中有所反映。這些小說，有的以自身經歷為素材，有的則完全虛構。不管哪一種，反映現實不夠深刻，藝術水準也相當幼稚。因此，《瘋人》付印不久，柔石在給友人的信中就說：「書不知是菜蔬還是米飯，大概怕是糟粕一類東西了。」書出版後，作者就感到了它的幼稚，賣了不多，便送到他哥哥開設的小貨店，做了包裝貨物的紙，因此這本處女作《瘋人》傳世極少。

二十世紀六〇年代，我在丁景唐先生影響下收集和閱讀「左聯」五烈士的作品，包括那些收藏在北京圖書館的手稿，如殷夫編好沒有出版的詩集《孩兒塔》，柔石的早期散稿及譯品，馮鏗的一些原稿等等。但找遍了北京的大小圖書館，就是見不到柔石的《瘋人》。這時，我明白了它的珍貴：一則，這是柔石早期小說的代表作，雖則幼稚，但畢竟反映了作者創作的足跡，是研究柔石

創作不能缺少的；二則，傳世極少，物以稀為貴，它足以成為「新善本」。對研究「左聯」五烈士之一的柔石，它具有極高的文獻價值。

買書要講緣分，特別是買舊書，那往往是可遇而不可求的。正當我找《瘋人》已感到無望時，一九六二年的一天下午，在西單商場的中國書店一樓北屋角落的一堆雜誌中，居然被我翻出了一本《瘋人》。書籍保存完好，沒有一點兒汙損。從版權頁看，就知是自費印行的，除出版年代和「寧波華陞印局代印」字樣外，僅有「實售小洋四角」六字。該書扉頁上，只印「趙平復」三字。角上有「殷雲聲圖書」五字的收藏印，是書籍主人蓋上的。四十年過去了，這本《瘋人》在北京公家藏書中，我還沒見過呢！

（原載《舊書信息報》2002年9月16日）

潘漠華的小說集《雨點集》

潘漠華，名潘訓，筆名有潘四、若迦、田言等。浙江省宣平縣人。畢業於浙江第一師範學校，一九二四年考入北京大學，一九二六年秋赴武漢參加北伐軍，做宣傳工作。一九二七年加入中國共產黨，回家鄉組織農民暴動，失敗後到上海、福建一帶，從事創作和在中學任教，並從事黨的地下工作。一九三〇年後，到河南、河北工作；一九三三年十二月擔任中共天津市委宣傳部長時被捕，為抗議反動派的虐待而絕食鬥爭，犧牲在獄中。

潘漠華烈士為二〇年代初著名的湖畔詩社的成員，出版幾個人的新詩合集《湖畔》和《春的歌集》，並在《詩》、《支那二月》上發表新詩，在《小說月報》上發表小說。潘漠華生於一九〇二年，到一九三四年就為革命犧牲了。作為「五四」時期的著名作家，他除了出版新詩合集外，留給文壇的只有一本短篇小說集《雨點集》。一九五七

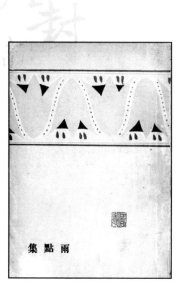

年九月，人民文學出版社出版過一本《應修人潘漠華選集》，所選漠華小説六篇，均取自《雨點集》。

《雨點集》，署名田言著，上海亞東圖書館一九二九年四月出版，印數不詳，小三十二開本，道林紙印。全書一百六十二頁，前有〈序〉兩頁，目錄兩頁。書中收短篇小説九篇。作者在〈序〉中告訴我們：「這九篇小説，除〈冷泉岩〉及〈雨點〉以外，都曾在《小説月報》等處發表。」潘漠華烈士這冊樸素精緻的小書，如今已不易尋得，它應當算一本新文學的珍本了。記得我珍藏的這冊，是二十世紀六〇年代中期找到的，在書後空白處，我有幾句跋語：「這是潘漠華烈士唯一的一本短篇集，購得於西單商場舊書店。四月廿日，北京；一九六四年。」那時候，我正隨著丁景唐先生的視野，研究「左聯」五烈士，也兼及其他烈士的遺作。買到人民文學出版社出版的《應修人潘漠華選集》後，又從西單商場二樓的中國書店機關服務部尋到了這冊《雨點

集》，其高興可知也。我買到舊的新文學版本，一般是不在書上寫什麼的，至多蓋上一方藏書印，而這品質完好的小書上，卻寫了一段小跋，當時的興奮足可以想見的了。

《雨點集》中九篇小說，作者釐為三組，第一組〈牧生和他的笛〉、〈苦獄〉、〈心野雜記〉三篇，作者告訴我們，「是以某人的戀愛事件為題材」的。「兩個戀人，白晝是分開，夜裏卻攜手到山野去漫遊；本身是圖畫似的故事，留在這裏卻是現實的悲哀。」（《雨點集・序》）描寫青年人的愛情悲劇，正是「五四」新文學的重要主題。第二組〈晚上〉、〈鄉心〉、〈人間〉、〈冷泉岩〉四篇，以作者故鄉的農民為題材，雖然多寫於二〇年代初期，但描寫民間的疾苦，反映他們的不平和抗爭，已有一定深度。第三組是〈雨點〉和〈在我們這巷裏〉，是作者在北大讀書時的作品，反映了學生生活的某些片斷。

在新文學史上，潘漠華以湖畔詩人著稱，他們的《湖畔》和《春的歌集》，出版後獲得好評。朱自清說：「《湖畔》裏的作品都帶著些清新和纏綿的風格；少年的氣氛充滿在這些作品裏。」（〈讀《湖畔》詩集〉）但潘漠華的小說，也自有其價值。正如馮雪峰在〈應修人潘漠華選集・序〉中說的：「這些作品大部分都寫在他們成為共產黨員之前，但都可以作為瞭解當時這樣的青年的思想感情狀況的資料看，同時作為『五四』以後新文學總成就中滴點的成績也將是不可磨滅的。他們兩人都以寫詩為主，在當時發生過影響的也是他們的詩。不過，我個人還認為，如漠華的短篇小說〈人間〉和〈冷泉岩〉等，也顯然是讀者不會忘記的，屬於『五四』以後短篇小說傑作中的作

品……。」馮雪峰的評價是公允的。

改革開放以來，上海書店出版過《湖畔》和《春的歌集》的影印本。八〇年代初，浙江文藝出版社出版的《浙江烈士文叢》中，出版過《潘漠華集》。因此，要找潘漠華的詩和小說是不難的。但要找二〇年代末出版的這冊小說集《雨點集》，怕卻不易呢！這是潘漠華烈士生前出版的唯一一冊個人集子，它不僅有文獻價值，也有一定的文物價值。

（原載《舊書信息報》2005年5月16日）

喜得初版本《經典常談》

一九三八年九月，朱自清應邀為中學生寫了本介紹中國古代文化的書，這就是著名的《經典常談》。全書十三個題目，從《說文解字》、《周易》、《尚書》、《詩經》、《春秋三傳》，一直介紹到「諸子」、「辭賦」和「詩」、「文」。一本不足十萬字的普及性讀物，朱先生斷斷續續寫了三年多。朱自清長期任職清華大學中文系教授，大學者寫這樣的小冊子，為什麼寫了那麼久呢？一則是抗戰時期，生活不安定；再則是朱先生辦事向來認真，寫《經典常談》一點兒不肯馬虎。今天看來，雖是介紹古代文化典籍的常識，卻很經典，語言生動，講知識則深入淺出，恰到好處。

《經典常談》的文本很容易找到。一九八〇年九月三聯書店出了新印本，葉聖陶先生寫了〈重印《經典常談》序〉，此本三聯書店後來多次重印。上世紀八〇年代以後的《朱自清選集》、《朱自清全集》也都

收入了《經典常談》全文。近時，上海古籍出版社還出版了錢伯城導讀本《經典常談》，讀起來就更方便了。解放前，長期流行的《經典常談》，是文光書店版，該版一九四六年五月渝初版，我藏有一九四七年十月滬三版本，龔明德先生藏有一九五〇年一月滬五版本。可以說，文光的《經典常談》並不稀見，如今在公私藏書中多有此本。

很長時間，人們都以為文光書店一九四六年五月在重慶印的《經典常談》就是此書的初版本。季鎮淮先生的《朱自清先生年譜》是這樣著錄的；朱喬森先生編的《朱自清全集》第六卷收入《經典常談》，〈編後記〉中也是這樣說的。研究者也大都持此說。但是，實際上文光書店版的《經典常談》是此書的第二個版本。也就是說一九四六年五月的渝初版，僅僅是文光書店版的初版。國民圖書出版社一九四二年八月初版的《經典常談》，才是這本書的真正初版本。一九九六年五月，安徽教育出版社出版了《朱自清年譜》（姜建、吳

為公編），第一次著錄了《經典常談》初版的時間和出版社。對於沒有見過此初版本的讀者，也就第一次知道了容易見到的文光版《經典常談》並非它的第一個版本。

多年來，朱自清先生是我研究現代文學的一個點，朱先生的著作版本，也曾努力收集，但沒有見過國民圖書出版社版的《經典常談》。二○○二年年初，龔明德先生要出版《昨日書香》，欲取國民圖書出版社版《經典常談》封面作書影，在成都沒找到，來信要我在北京尋找此書。我找了幾處圖書館，均無收藏，我才知道了它的難找和珍稀。前不久，在《舊書信息報》上見到貴陽齊先生出讓國民圖書出版社版《經典常談》，立即聯繫購買。如今喜得初版本的《經典常談》，其高興可想而知也！在此，我要感謝《舊書信息報》各位編輯，你們為出讓者和找書者架起了橋樑；為愛書者辛勤地服務，值得讚揚！

國民圖書出版社版《經典常談》，全書一七二頁，三十二開本，土紙印，明顯帶有抗戰期間出版物的特色。雖然在一九四五年八月二十四日朱自清日記上有「校正《經典常談》」的記載，我粗略對校，似無文字上的改動。只有〈經典常談・序〉中，文光版最後一句：「還得謝謝董庶先生，他給我鈔了全份清稿，讓排印時不致有太多的錯字。」在國民圖書版中是沒有的。這個真正初版本上，有一處引起了我的注意。那是國民圖書出版社版的封面上印的是「朱自清編」，扉頁和版權頁上均印有「朱自清編著」；而文光版上，則三處均印為「朱自清著」。還有一點可記的，此書用紙極粗劣，中間還偶有破洞，封面上什麼裝飾也沒有，只有編者名字和用雙線框起來的

書名。但它卻是編號發行本，我這一冊是「NO：847」，總數印了多少，在版權頁上卻沒有記載。僅從這一點，也看出了當時條件的艱苦及紙張的可貴了。

國民圖書出版社版《經典常談》是一本珍稀的版本，當時只印了一版，如今傳世不多。我喜得此本，介紹如上，並記上對《舊書信息報》的感激之情！

（原載《舊書信息報》2002年10月21日）

《咀華二集》及其他

二〇〇四年四月五日，《舊書信息報》曾刊李本德先生文章〈含英咀華　齒頰留香〉，感到非常好，且受益匪淺。我也藏有一本《咀華集》，是文化生活出版社的再版本，內容與李先生介紹的相同。版權頁上是：「中華民國二十五年十二月初版」、「四月再版」，其中「四月再版」則不知是哪一年的四月了。

讀李先生文章後，就想起了我收藏的《咀華二集》。李健吾先生的《咀華二集》，也署名劉西渭著，也由文化生活出版社出版，編入巴金主編的《文學叢刊》，為第七集的一種。我收藏的為一九四七年四月再版本，全書一六三頁，內收評論文章八篇和一篇〈跋〉。文章依次為：〈朱大柟的詩〉、〈里門拾記〉、〈八月的鄉村〉、〈葉紫的小說〉、〈上海屋簷下〉（附錄：〈關於現實〉）、〈清明前後〉、〈三個中篇〉（細目是：〈脫韁的馬〉、〈遙遠的愛〉、〈饑餓的郭

素娥〉）、〈陸蠡的散文〉。在此書版權頁上和其他一些書目上，均著錄《咀華二集》，初版時間為一九四二年一月。這個初版本我沒有見過，但上述八篇文章中，最後兩篇文末的寫作時間，卻分別為「三十五年，七月二十八日」和「三十六年，三月五日」。這是以民國紀年，如換成西元紀年，不是都在一九四二年之後了嗎？那麼，也許初版本的《咀華二集》，所收不是這八篇文章呢！

《咀華集》和《咀華二集》，是上世紀三〇至四〇年代名噪一時的評論集。作者咀華含英，對當時作家的成名之作進行評論，好處說好，壞處說壞，胸懷坦蕩，見識超群。雖對好朋友的作品，也不掩飾其不足，表現了一位批評家的風采。這兩本評論，在學術史上佔有重要地位。

那麼，還出版過《咀華三集》嗎？說法不一，我以為這倒是一個有趣的話題，不妨再說幾句。李健吾先生的研究生李清安先生，在為他的老師寫傳時

說：「以至在二十五年之後，某出版社要出版他的舊作時，李健吾竟弄不清自己被批判過的《咀華集》究竟出過幾種。」這裏提到的出版社是寧夏人民出版社，所出舊作則是一九八三年三月出版的《李健吾文學評論選》。雖然李清安說他的老師弄不清出過幾種，李健吾最後還是認為出過三種，即認為有《咀華三集》出版。在那本《李健吾文學評論選》的〈後記〉中，作者說：「這部文學評論選是比較詳盡的，采臣為我選的非常留意。」「這裏收的大多是《咀華集》三種版本的全部文字。」三種版本即指《咀華集》、《咀華二集》和《咀華三集》了。據說連李先生的女兒李維永，在整理他父親的著作時，也疑心真的出版過《咀華集》的第三集，名《咀華記餘》呢！

　　其實，只有《咀華集》和《咀華二集》出版，《咀華三集》是沒有的。這個問題被韓石山先生考證清楚了。在《李健吾傳》（北岳文藝出版社1997年1月出版）中，他有詳細的考訂。作

者告訴我們，抗戰勝利後，李健吾想再寫一本「咀華三集」，寫了一部分，但沒有寫完，自然就沒有出成。一九四五年八月十八日，上海《文匯報》復刊，九月六日該報副刊《世紀風》復刊，仍由柯靈編輯。李健吾以《咀華記餘》為總題，寫過一組文章，可惜沒寫多少，就被打斷了。這樣名為《咀華記餘》的《咀華集》第三集就沒有了；否則，這本四〇年代後期的咀華含英之作，定很精彩。

　　一九四五年九月七日《文匯報·世紀風》上，有題為《咀華記餘》的短文，不足千字，是開場白。其中有這樣的話：「於是記眾人之餘，以補自己的不足，燈呀，全仗你微弱的光給我照亮了。」九月十日是第二篇，《咀華記餘》總題下，有了篇名：〈劉西渭是我的仇敵〉。後來有〈無題〉（評論了七位女作家）、〈方達生〉等，還有發表在別處的〈從生命到字，從字到詩〉，應當都是《咀華記餘》的內容，可惜分量不夠，計畫中的《咀華記餘》終於沒能出版。

　　《咀華集》、《咀華二集》是很有收藏價值的，可惜不容易得到。那麼，想讀李健吾先生這些評論的，找《李健吾文學評論選》也可以，刪掉的文章只有兩、三篇。至於為《咀華記餘》寫出的幾篇則不易見到了。

（原載《舊書信息報》2004年12月13日）

陸蠡的三本散文詩

讀二〇〇五年七月十八日《舊書信息報》上〈不朽的陸蠡〉一文，感到很好，扼要地介紹了陸蠡其人及其創作。陸蠡生前除翻譯之外，創作出版過三本散文集，即《海星》、《竹刀》和《囚綠記》。三本都是散文詩，這在二十世紀三、四〇年代散文史上，是佔有一定地位的。

巧的是，在上個世紀五〇年代後至六〇年代初，我先後買到了這薄薄的三冊。今略作介紹，以饗同好。《海星》為巴金主編的《文學叢刊》第二集之一種，文化生活出版社一九三六年八月初版。我所得為一九三九年四月三版本。全書收散文二十五篇，作者釐為五輯，第一輯是〈黑夜〉、〈海星〉、〈鍾〉……等十一篇，第二輯是〈蛛網和家〉、〈元宵〉……等四篇，第三輯是〈貝舟〉、〈光〉、〈夢〉……等六篇，第四輯是〈榕樹〉、〈麻雀〉……等四篇，第五輯則是〈水砧〉、〈啞子〉……等四篇。書的

最後，為作者的〈後記〉。陸蠡告訴讀者，「開始寫這些短篇，是在一九三三年的秋天。」「〈海星〉是我所寫的第一篇，所以把它取作書名了。」對《海星》一書，文學史家評論是：陸蠡散文感情抒發「含蓄婉轉」，他「往往截取人生的一個小片斷，勾勒出一個簡潔的畫面，一二百字就把意境突現出來」。「他的行文，節奏舒緩，迴旋往復，猶如小夜曲」。（參見俞元桂主編《中國現代散文史》）評價是很高的。

《竹刀》則是巴金主編的《文學叢刊》第五集之一種，文化生活出版社一九三八年三月初版，我所得為一九三九年四月之再版本。全書收散文九篇，分為上、下集兩個部分。上集收〈溪〉、〈竹刀〉、〈秋〉……等七篇，標明寫於一九三六年九月至十二月。下集收〈懺〉、〈苦吟〉兩篇，標明寫於一九三七年一月至四月。上集的幾篇，與《海星》第五輯中幾篇〈故鄉雜記〉一樣，都以描繪故鄉生活見長，鄉土氣息極濃。描寫江南山鄉的景象，

清麗奇巧，多姿多彩。在鄉土的背景下，寫出了家鄉古舊、落後及衰敗的面貌，成為三〇年代鄉土文學的特色。

　　《囚綠記》也是巴金主編的《文學叢刊》之一種，是第六集中的散文，文化生活出版社一九四〇年八月初版，我收藏的正是初版本。這應當是陸蠡以身殉職前，在上海孤島堅持出版的一個品類吧！全書收散文九篇，釐為三輯。第一輯是〈囚綠記〉、〈光陰〉、〈池影〉等六篇，集子就因第一篇而得名。第二輯是〈昆蟲鳥獸〉，內含「白蟻」、「鶴」、「虎」三則。第三輯則是〈私塾師〉和〈獨居者〉兩篇了。前邊還有一篇〈序〉，寫於一九四〇年六月二十五日，文末説：「這集子就是我的一些吞吐的內心的呼聲，都是一九三八年秋至一九四〇年春季間寫的。在這時期內敢於把它編成集子問世，是基於對讀者的寬容和信賴的。」又説：「寫這序的，是自白的意思，也是告罪的意思。以後，不想寫什麼了。」這是一個正直的文化人堅守在

孤島上海時的心聲，後來他被日偽憲兵殺害，用鮮血譜寫了一曲新的「正氣歌」。《囚綠記》是陸蠡最後一本散文集，也被公認是他的代表作。

著名評論家李健吾先生在《咀華二集》（文化生活出版社1947年4月再版，署名劉西渭）中，有一篇〈陸蠡的散文〉高度評價了陸蠡的散文和他的人品。我摘引李先生幾句，當作短文的收束：「陸蠡是一個誠懇的人，他有一句便只說一句，此外就讓情感靜靜地等待一個機會和你在默契之中交流。」「他活著的時候，寂寞，孤獨，勤苦，沒有什麼人關切他的存在；死了，他永遠被大家記住，因為他曾經和神聖的抗戰連成一頁。而且，更因為，雖然不幸短命，他給我們留下三本值得珍惜的散文，《海星》，《竹刀》和《囚綠記》，不厚，然而沉重，尤其是後兩本，在現代中國散文裏面，有些篇耐人一讀再讀。」他「感情習於深斂，吐入文字，能夠持久不凋。他不放縱他的感情；他蘊藉力量於勻靜。」「陸蠡的成就得力於他的璞石一般的心靈。」

（原載《舊書信息報》2005年10月10日）

新歌劇《白毛女》的誕生，至今已超過了六十年。它的版本之多，怕是難以數清的。粗粗算來，有如下幾個：《白毛女》是延安魯藝工作團集體創作的，最後由賀敬之、丁毅執筆完成。一九四五年四月在延安中央黨校公演，修改後由延安新華書店出版，這該是第一個版本。一九四五年十月，劇組移師張家口，演出修改後，一九四六年四月由張家口新華書店出版，該是第二個版本。之後，有多個修改本流傳，直到開國前夕，收入「中國人民文藝叢書」，由北平新華書店一九四九年五月初版。一九五一年獲得史達林文藝獎後，修改後由人民文學出版社在一九五二年四月初版，至此成為定本，成為新歌劇的典範之作。

《白毛女》誕生之後，七、八年裏有多個版本流傳，翻翻那些新文學的「總書目」，就知道曾有多個修改本出版，而如今要理清版本源流，要找到那些版本研究，怕

已是很不容易了。我們常說收藏經典，那麼，《白毛女》應當是一個重點，如果能收集各種版本的《白毛女》，不論從文獻價值或文物價值說，都是很有意義的。

上個世紀五十年代，讀書時愛逛北京的舊書店，亂買了不少新文學書。我買過兩本《白毛女》的早期刊本，今日翻翻書櫃，加以介紹，公諸同好。一本是黃河出版社一九四七年二月出版的本子，版權頁上印的書店地址：「上海黃河路八十一號」。另一本是海洋書屋一九四八年五月出版的本子，版權頁上印的書店地址：「香港堅道一三五號」。後者為周而復編的《北方文叢》第三輯裏的一種。版權頁上印著「再版」，印數卻是「0001—1000」，那麼它應當是《北方文叢》第一次印刷的版本呢！檢查兩書，知道海洋書屋本是用黃河出版社的版型重印的，稱為「再版」，當指黃河出版社本為初版，所以印數為一至一千冊。從文本說，這兩個版本實為同一個文本呢！

我這兩本《白毛女》，均為六幕歌劇。編劇三人署名：賀敬之、丁一、王斌；作曲也三人署名：馬可、張魯、瞿維。書為小三十二開本，報紙印，全書一八六頁。前邊有郭沫若的〈序〉和李楠的〈白毛女——介紹一部解放區的歌劇〉。中間是六幕劇的劇本，最後為全劇插曲，共九十三曲，很完整。兩個劇本在我手中已超過半個世紀，我仔細珍藏著，品質完好。

郭沫若的〈序〉，是專門為這個版本撰寫的，收入本書前，曾發表在上海《文萃》週刊（二年21期，1947年2月27日出版）上，〈序〉末署寫作時間是一九四七年二月二十二日。此〈序〉除收入此《白毛女》之外，還收在郭沫若的《天地玄黃》中。郭沫若在〈序〉中，給《白毛女》很高評價。他說：「就劇本論劇本已經就是一件富於教育意義的力作了。這是在戲劇方面的新的民族形式的嘗試，嘗試得確是相當成功。這兒把五四以來的那種知識份子的孤芳自賞的作風完全洗刷乾淨了。」這

裏，郭沫若的話，是對新歌劇《白毛女》較早的肯定和讚揚。

這本《白毛女》劇本，是依據哪個版本排印的，書中沒有交代。但郭沫若在〈序〉中，曾這樣說：「去年年初還在重慶的時候，便聽見朋友們講到『白毛女』的故事，……那時自己很抱憾，不要說這樣的演出沒有機會欣賞，就連歌劇原本都無法接觸」。「算好，在去年六月，陸定一兄北歸之後，不久他便寄了兩本書給我：一本是《呂梁英雄傳》，一本就是《白毛女》。」按寫〈序〉的時間計算，「去年六月」應當是一九四六年六月，那麼黃河出版社排印時使用的底本，如果不是延安新華書店一九四五年的初版本，就該是張家口新華書店一九四六年四月的第一次修改本了。因為以上兩個版本我都沒見過，無法對校，所以不能確說；但不管怎樣，我收藏的這兩本《白毛女》，應當是該歌劇的早期印本，它的史料價值是比較高的。在有的書目上，說我這種藏本是依據延安原稿本翻印的，是否準確，有待考證。目前我無此條件，錄此以備方家教正！

作為收藏的經典，新歌劇的里程碑——《白毛女》一九五二年四月由人民文學出版社出版後，就沒有再修改過，那已成為定本。在二〇〇〇年，《白毛女》又被選入「百年百種優秀中國文學圖書」之中，確定了它在近百年文學史上的經典地位。評選後又重印了新的版本，但內容上沒有改動。《白毛女》這部集體創作、多次修改過的新歌劇經典，傳世的文本非常多；但要理清它的修改脈絡，研究它的版本源流，卻是不容易的。我收藏的兩冊《白毛女》早期刊本，僅僅是眾多版本的一個，我認為我們實在有必要收集《白毛女》的眾多版本，加強對它的修改和版本的研究。

略說葉聖陶的幾本散文集

葉聖陶先生是文學研究會的著名小說家，又是一位卓有成就的語文教育家。其實，葉先生的散文也寫得很多、很好；但他把散文寫作當成了創作的素描練習，平時不大注意收集，所以成本的散文集不多。這樣，研究中國現代文學的人，也不大收集他的散文集。

葉聖陶的第一本散文集是《劍鞘》。此書是葉聖陶、俞平伯二人的散文合集，一九二四年十一月霜楓社出版，樸社發行，列為「霜楓之四」。這套《霜楓文藝小叢書》由俞平伯編，前後共出四種。《劍鞘》收俞平伯散文九篇，葉聖陶散文十二篇。此書後來絕版，在五十多年前唐弢先生介紹它時，就說「絕版已久，兩氏或已不復憶及之矣」。（《晦庵書話・葉俞合著》）

葉聖陶的第二個散文集是《腳步集》，新中國書局一九三一年九月初版，內收散文十篇，小說兩篇。此書不知印過幾版，我的一冊為初版本。但它傳世不多，至遲到

一九三五年就不再印了。

葉聖陶的第三本散文集是《未厭居習作》，開明書店一九三五年十二月初版。內收文三十六篇，其中有五篇取自《劍鞘》，九篇取自《腳步集》。正如作者在〈自序〉中說的：「最近兩三年來，又寫了一些散文。朋友勸說，不妨再來一本。我就把這些新作也選剔一番。再把《劍鞘》和《腳步集》裏比較可觀的幾篇加進去，又補入當時搜尋不到的幾篇，成為這一本集子。」名之「習作」，正是葉先生對這些散文的謙稱了。在葉聖陶心中，這冊《未厭居習作》就是他散文的選本了，列為《開明文學新刊》的一種，解放前曾多次印行。我有一冊一九四一年一月四版本，是上海印的，還有一冊一九四四年三月內一版，是桂林印的。有的書目載明一九四七年十月上海出過六版；一九五一年五月有過北京初版，這大約就是開明書店的最後一版了。

葉聖陶的第四本散文集，則是《西川集》，文光書店一九四五年一月渝初

版，一九四五年十月申再版，列為「文
光文叢之四」，我有其再版本。收入
長短散文二十六篇，據〈自序〉說，
「收集在這兒的文字大部分是今年寫
的」，從文末可知，當為抗戰勝利前的
一九四四年了。

解放後，葉聖陶的第五本散文集
出版，是百花文藝出版社一九五八年八
月第一版的《小記十篇》。這是葉先生
寫於一九五三年至一九五七年的十篇散
文，前八篇記遊覽西北、華東的觀感，
後兩篇介紹北京特種工藝品的製作。

葉聖陶先生的散文作品，是不是只
有這幾十篇呢？實際遠不止此，葉先生
對自己的散文過於嚴苛了，他總認為散
文不過是畫家的素描，他的散文只是習
作。由於葉先生的散文收集出版的少，
其他大都散見於報刊，那些報刊一般人
是難以見到的。因此，選作大、中學教
材的，總是〈沒有秋蟲的地方〉、〈藕
與蒓菜〉、〈遊了三個湖〉、〈記金華
的兩個岩洞〉等少數幾篇了。這樣，是
很難反映葉聖陶先生散文的全貌的。

有鑒於此，上個世紀八〇年代初，葉至善、葉至誠兄弟要替父親編輯更齊全的散文選本，這就是四川人民出版社出版的《葉聖陶散文甲集》（1983年3月第一版）和三聯書店出版的《葉聖陶散文乙集》（1984年12月第一版）。前者收一九四九年十月前的作品，共二百十篇，按時間為序排列。書為大三十二開平裝本，共八百六十八頁，印製精良。後者收一九四九年十月以後至一九八四年的作品，共一百八十九篇，也是按時間為序排列，體例與「甲集」同。最後還附有「《甲集》補遺」，收散文二十六篇，是從《甲集》出版後發現的四十來篇散文中選出的。書為小三十二開精裝本，共八百二十頁，印刷精美，保持三聯的風格。在書後編者的〈編後瑣記〉中，曾聲明以後還有《丙集》出版，但我沒有見過，不知是否出版過。

　　《葉聖陶散文甲集》和《葉聖陶散文乙集》中，是包括了葉先生過去出版的五本散文集中的不少作品的。這算是葉至善、葉至誠兩位先生對葉聖陶先生散文的一個總結，它們雖然不是葉聖陶散文的全部，僅僅是一個大型的選本，但能夠反映葉聖陶先生從一九二一年至一九八四年散文的全貌。可惜在《乙集》中沒有一九六四年至一九七六年的作品，這是基於政治運動的原因，這十多年葉先生沒有可觀的散文留下來吧！

　　《葉聖陶散文甲集》和《葉聖陶散文乙集》中，選輯了葉先生四百多篇散文。為我們瞭解和研究葉聖陶的散文創作，提供了方便，這是應當感謝編者的。但從史料學觀點說，卻有一點美中不足，就是這些文章經過了修改，它的文獻價值不免打個折扣。葉至善在〈編父親的散文集〉一文中，有這樣的交代：「常常有這樣的事，找到了一篇從沒見過的，跟父親一說，他自己也奇怪怎麼會寫這樣一篇文章，一定要自己

看一看。從報刊上複印下來的文章，他怎麼看得清楚呢？至誠只好工工整整地用大字抄了給他看。看的時候，他不免作些改動，不是改動原來的意思，是讀了早期寫的白話文感到有些疙瘩，不順當，不舒服。漸漸地，這樣自己看，自己改，又成了我父親的日常工作之一。他說，現在這樣編倒還有點新意；還吩咐我們某幾篇可以不要，總之要從嚴選，寧缺毋濫。」（《葉聖陶散文甲集》第667—668頁）

這樣一選，就反映葉聖陶散文全貌來說，怕是有一定影響。而將文字的「疙瘩」、「不順當」一改，也失掉了當年的原樣，「有點新意」，不是與舊意有了距離嗎？文獻學要求保持原貌，如今這樣新出版的《甲集》、《乙集》，就其史料價值說，不免大大的降低，我認為這是兩冊散文集的不足呢！

（原載《博古》第8輯，廣陵書社2005年8月出版）

二十卷本《魯迅全集》，一九三八年六月十五日，魯迅全集出版社普及本初版；一九三八年八月一日，復社紀念本初版。在其第十八卷中，收有契訶夫的短篇小說集《壞孩子和別的奇聞》。十卷本《魯迅譯文集》，一九五八年十二月，人民文學出版社初版，在其第四卷中，收有《壞孩子和別的奇聞》。

對於魯迅先生翻譯的這本契訶夫短篇小說的出版，我有兩件舊聞，願意介紹給各位同行，也許還有些參考價值。

第一，書名的說法。

《壞孩子和別的奇聞》中，收入契訶夫短篇小說八篇。其中〈壞孩子〉一篇，魯迅先生曾據德文譯本替宮竹心的譯文作過校改，魯迅寫有〈附記〉，一九二一年四月十六日寫，刊《晨報副刊》一九二一年十月二十七日。這是魯迅先生與契訶夫這八篇小

説接觸之開始。魯迅先生譯這八篇小說，始於一九三四年十一月十二日，到一九三五年三月二十四日，八篇全部譯完。在《魯迅日記》上，均有記載。這八個短篇，魯迅是為《譯文》譯的。其中七篇曾先後刊於《譯文》第一卷第四期和第六期及第二卷第二期，登載時《譯文》上總題是「奇聞三則」或「奇聞二則」。只有〈波斯勳章〉一篇，在《譯文》送審時，被審查機構抽掉了，當時未能發表，是後來登在上海《大公報‧文藝》第一二四期（1936年4月8日）上的。一九三五年九月十五日《魯迅日記》載：「上午編契訶夫小説八篇訖，定名《壞孩子和別的奇聞》。」

那麼，魯迅先生翻譯的這本契訶夫短篇小説集，書名是不是就是《壞孩子和別的奇聞》呢？我認為並不如此，這有小説集的初版本為證。魯迅先生這本翻譯作品，在收入二十卷本《魯迅全集》前，只印過一次，版權頁上沒有印數，但估計不很多，如今傳世怕已很少了。我有幸藏有此書的原刊本，今略作

介紹。

　　這本小說集的書名是《壞孩子和別的小說八篇》，印在封面的上端，旁邊並有「AP・契訶夫作」字樣。中間是〈壞孩子〉一篇的插畫，瑪修丁木刻，封面下端有三行字：「魯迅譯」、「文藝連叢之三・聯華書局發行」、「1936」。書的扉頁共四行字，從上到下是：「安敦・契訶夫」、「壞孩子」、「和別的奇聞」、「文藝連叢之一」。扉頁背面印有版權記錄，上端四行字：「魯迅譯」「Ｖ・瑪修丁木刻插畫」、「三閒書屋印造」、「1935」。下端是：「每冊實售一角五分」。中間貼了一張用陰文「魯迅」兩字的版權印證。

　　魯迅先生從一九三三年開始，編了《文藝連叢》，直到一九三六年先生去世，只印了三種。第一種《不走正路的安得倫》，一九三三年五月印成；第二種《解放了的董・吉訶德》，一九三四年四月印成；第三種便是這冊《壞孩子和別的小說八篇》，一九三五年印

造，一九三六年發行。此叢書均為二十四開本，第一、第二兩種為報紙印，但註明均有道林紙本三百冊。第三種《壞孩子和別的小說八篇》，我所藏和見過的，均為道林紙印，不知有無報紙印本。全書正文共六十頁（含〈譯者後記〉），前有〈前記〉二頁，〈目次〉一頁。八篇小說各有插畫一幅，不佔頁碼。

由上可知，魯迅先生翻譯的這本小說，雖然在《魯迅日記》上明確記載，「定名《壞孩子和別的奇聞》」；但印成書時，印的書名是《壞孩子和別的小說八篇》。「日記」是一九三五年九月十五日所記，該是那時的意見；到一九三六年印封面、發行此書時，給書題名卻是《壞孩子和別的小說八篇》。我認為，按魯迅先生的意見，該以一九三六年最後確定的名字為準，也就是此譯本書名為《壞孩子和別的小說八篇》才妥當。

一九三八年六月，魯迅此譯本收入《魯迅全集》第十八卷時選擇了扉頁上「壞孩子和別的奇聞」作了書名，這是欠妥當的，這怕並非魯迅先生本意。我認為，魯迅全集編委會，最起碼要兩個書名並存，抹掉了魯迅先生為譯本起的「壞孩子和別的小說八篇」這個書名，從書名到扉頁，全用了「壞孩子和別的奇聞」，怕是不對的。如今，因為《魯迅全集》及其後的單行本，均將譯本題為《壞孩子和別的奇聞》，而《壞孩子和別的小說八篇》原本，又絕少流傳，恐怕魯迅題的書名已快被歷史所湮沒了。這也就是我將問題提出來商榷的理由。

第二，插圖問題。

魯迅先生在〈《文藝連叢》的開頭和現在〉中說，「首先是印一

種關於文學和美術的小叢書，就是《文藝連叢》。」確實，《文藝連叢》這小叢書，前後共出版三種，每種都有插畫。在《壞孩子和別的小說八篇》一書的〈譯者後記〉裏，魯迅說：「這回的翻譯的主意，與其說為了文章，倒不如說是因為插畫；德譯本的出版，好像也是為了插畫的。」又說，這位插畫家瑪修丁，「是將木刻最早給中國讀者賞鑒的人，《未名叢刊》中《十二個》的插圖，就是他的作品，離現在大約已有十多年了。」接下去還解釋說：「原本的插畫，大概當然是作品的裝飾，而我的翻譯，則不過當作插圖畫的說明。」從上所引可知，魯迅先生是很看重這一組小說的插畫的，這個事實我們必須尊重。

魯迅譯的這些小說，在《譯文》發表時和後來出單行本，每篇都有一幅瑪修丁的木刻畫作插圖。一九三八年用《壞孩子和別的奇聞》作書名，收入《魯迅全集》第十八卷時，八幅木刻插圖同時收入。抗戰時期，《壞孩子和別的奇聞》，印過兩版單行本，我沒見過原書，據《魯迅著譯版本研究編目》（周國偉編著，上海文藝出版社1996年10月第1版）著錄，「一九四三年冬，雅典書局桂初版。一九四五年春，雅典書局渝再版。」此再版本，「重慶成都聯營書店為特約經售」。周國偉先生告訴我們，原有的「瑪修丁木刻插畫八幅因製版困難未印」，而「書內選用〈簿記課副手日記抄〉、〈波斯勳章〉的黃新波木刻插圖兩幅」。

解放後，單行本《壞孩子和別的奇聞》印過兩次，均由人民文學出版社出版。一九五三年二月，第一版（1-10000），同年七月第二次印刷（10001-25000）。印數不少，但抽掉了瑪修丁木刻插畫。出版時，我正在北京師範學校讀一年級（程度相當於高中一年級），但已經

癡迷於新文學版本。此前，我已買到了初版本《壞孩子和別的小説八篇》，知道書中有瑪修丁木刻插圖八幅。看到人民文學出版社剛出版的《壞孩子和別的奇聞》，發現他抽掉了八幅圖畫，封面上也沒有用其中之一作裝飾。當時年幼無知，也不懂政治，就覺得魯迅先生的插圖、封面不該改動，憑了一股傻勁，給人民文學出版社編輯部，寫了一封信，提出批評。説不該抽去瑪修丁木刻插圖，問是不是為了降低成本，希望再版時恢復原書的插畫。到底是解放初，那時讀者與作者、出版者的關係十分融洽，我那稚嫩的短信，寫出沒幾天，就收到出版社總編室的覆函，信寫得極負責，並反映了當時的政治風貌。我以為此信極有史料價值，公佈如下：

朱金順同志：

來信於五月八日收到。

《壞孩子和別的奇聞》新版內抽去插圖，係因原畫內容不妥，今天不必普遍介紹，並非為了成本高，定價貴，恐銷路有影響。瑪修丁的木刻，手法是形式主義的，今天應加以批判；魯迅先生當年也勸我國青年美術工作者不必學他。再則，此人於俄國革命後即逃至德國，政治面目也不清楚。

此致，並致

敬禮！

人民文學出版社總編輯室 啟

五，十二，

　　信用人民文學出版社公函紙寫，在天頭上有發文編號，是為「編發字第2669」，一九五三年五月十二日。當時我只是一個十六、七歲的師範生，人民文學出版社拿我當大人對待，收到覆信開始挺高興，但仔細想想，並不服氣，於是把覆信夾在了《壞孩子和別的小說八篇》裏，因此得以保存下來。今天想想，那會兒我既不懂政治，更不懂什麼形式主義。一九五三年兩次印了25000冊《壞孩子和別的奇聞》，是沒有插圖的本子，如今不知還留下多少。解放初強調政治，抽掉瑪修丁的木刻插圖，怕主要是從政治考慮的。逃到德國、政治面目不清楚，那年代足夠抽掉了。到一九五八年十二月，人民文學出版社十卷本《魯迅譯文集》時，八幅瑪修丁插圖則恢復了，算是一個進步吧！

　　據資料可知，一九五二年七月，上海的魯迅著作編刊社遷到北京，併入人民文學出版社，成立了魯迅著作編輯室，在馮雪峰同志領導下，有多位魯迅研究專家在那裏工作。那麼，這一九五三年二月出版的《壞孩子和別的奇聞》單行本，該是這魯迅著作編輯室發稿的，付印時抽掉瑪修丁插圖，自然也是該編輯室決定的。他們當時自然考慮了政治形勢和出版精神的。我提出意見，回覆我那讀者來信，當然也該是魯迅著作編輯室，只是不知那覆信出自哪位先生之手。但不論怎樣，我認為這封回答普通讀者的覆信，有史料價值，作為一則舊聞，我願公佈出來，供各位同道參考！

（原載《魯迅研究月刊》2006年第11期）

輯二

我收藏的新文學簽名本

我那簽名本《文木山房集》的遭遇

二〇年代初，胡適寫了《吳敬梓傳》、《吳敬梓年譜》。從《儒林外史》的金和跋語中，人們知道吳敬梓有《文木山房集》十二卷。金和說，此書沒有刻本，他家舊藏有抄本，可惜在太平天國之亂時遺失了。當年，胡適為收集吳敬梓的傳記材料，請北京幾家舊書鋪替他訪求《文木山房集》的刻本。他說，一九二一年北京帶經堂書鋪找到了刻本《文木山房集》，雖然沒有十二卷，也有吳敬梓的詩賦一百八十二篇。

一九三一年六月，上海亞東圖書館重排印行了《文木山房集》，為鉛印線裝長條本，四卷分裝兩冊，外有藍布函套。這是用胡適藏本做底本排印的，前有胡適的〈重印《文木山房集》序〉、〈後書〉兩文，後有他編的《吳敬梓年譜》。皮紙封面，書品樸素大方，封面題簽和內封，均為胡適題字，豎排雙行為：「儒林外史作者的遺集 文木山房集」，下方有小印：「適之」二字。連這

99

題簽都是白話大師「胡適式」的，使我們想到他的《嘗試集》題簽。

吳敬梓的書、胡適的書，都是我搜求的目標。大約在六〇年代初，我剛畢業留校做助教不久，在北京隆福寺路南一個小書店裏，發現了一部亞東本《文木山房集》，書品甚好。而且是胡適的簽名本，在那內封的背面，版記一側，有胡題字。文字為直行，墨筆書寫，共三行：

> 送給
> 百年先生
> 　廿三，十一，十九

看來，這是一九三四年胡適送給陳百年先生的。當時他們是北京大學的同事，好像也都是《每週評論》的成員。書很整潔，上邊沒有陳百年的筆跡、印章之類。書的定價是三元五角，這在當時可不便宜。五〇年代末我讀北師大中文系，我們是公費，每月伙食費是十二元五角。那麼，書價就是我一周的飯費了。為亞東版《文木山房集》的難尋，

也為了那胡適的題字、簽名，我還是趕緊買下了。買舊書要靠機緣，失之交臂，便永遠遇不到了。這部《文木山房集》，我便作為珍本收藏著。

一九六六年「文革」開始後，作為北師大的青年教師，我並沒有被抄家。但天天看到的、聽到的，也使我驚心動魄。於是藏書中的有礙之物，也不敢不處理一番了。我有幾冊與「反動文人」有關的簽名本，其中包括這部《文木山房集》。將題字、簽名撕掉，心有不甘，留著又怕惹禍。最後，狠心將胡適、胡風、馮雪峰這些名字，從簽名本上挖掉了，其他文字則保留著。這樣，我那《文木山房集》的簽名本，便沒了落款的「胡適」二字，這樣除了字跡上判斷，再沒人知道這題贈本的贈書人為誰了。一部珍貴的胡適簽名本，就這樣被我毀掉了。今日思之，還感到深深的遺憾。二十多年過去了，想起這件往事，翻著那部《文木山房集》，「文革」的歲月是難忘的。

（原載《舊書信息報》2000年10月9日）

我所藏《百喻經》刻本及其傳承

讀顧農先生〈魯迅捐資刻本《百喻經》〉（見2004年10月25日《舊書信息報》）一文，感到很好。可巧我藏有此書的原印本，如今也該算是此刻本的珍本了，略作介紹，以公同好。

此書乃線裝一冊，題簽為「百喻經卷上下」，卷上收喻五十則，連目錄二十九葉，卷下收喻四十八則，連目錄二十七葉。書高24釐米，寬15.3釐米，版心尺寸見顧農先生介紹。書為竹紙印。我這藏本是否即魯迅先生捐資所印「功德書一百本」之一，難以肯定；但從書的外觀可知它確為民國初年之印本。此書經近百年滄桑，保存完好。

此刻本的收藏傳承，也可略說。二十世紀七〇年代中期，我們的老師鍾敬文教授將此書送給我，大約因為他知道我喜歡收藏舊書，特別是魯迅先生的有關著作。這種珍本，當時我不敢收，鍾先生輕輕說：「送你吧，我還有呢！五〇年代我買了不止一本。」拿回家一看，在書衣背面有鍾先生的

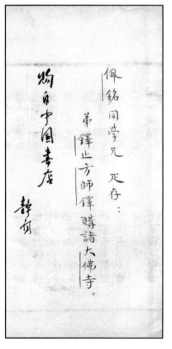

題字：「購自中國書店　靜聞」。在卷上正文下角有一方我很熟悉的鍾先生的藏書印：「靜聞暫藏」，朱文方形。「靜聞」是鍾敬文先生常用的筆名，「暫藏」是從「暫得於己」化出來的。算來鍾先生送我時，他已收藏了二十年；至今此刻本在我手中也有三十年了。這本《百喻經》的第一個收藏者，應當是佩銘先生，因為在書衣背面，鍾先生題字右側，有這樣的題字：

佩銘同學兄　疋存：
弟鐸止方師鐸購諸大佛寺。

聽說方師鐸先生在臺灣，為某大學教授，不知如今怎樣。他從大佛寺購買《百喻經》送給他的同學，應當在二十世紀二〇至三〇年代，什麼時候流入中國書店，中間有沒有第二個收藏者，就難以考察了。書衣上有一方收藏印，可惜已模糊了，無法辨認，書面和第一頁上，均有「100025」號碼，是印上的，不知何故。

民國三年魯迅先生捐資刻此《百

喻經》版後，捐資印了功德書一百部。當時或後來，金陵刻經處一定
還印過，印了多少不可考。據周國偉先生《魯迅著譯版本研究編目》
一書介紹，魯迅先生捐資的這部《百喻經》，共刻版三十塊，兩面刻
字，如今還保存完好。上海魯迅紀念館建立後，金陵刻經處將尾版一
塊，贈給了該館，供陳列之用，又補刻了尾版。在一九五五年，南京
圖書館為紀念魯迅誕辰七十四周年和逝世十九周年，由金陵刻經處用
原版印了宣紙本二百餘部。一九八一年，為紀念魯迅誕辰一百周年，
在上海魯迅紀念館倡議和支持下，金陵刻經處用玉扣紙又重印了五百
餘部。卷首有趙樸初撰寫的〈金陵刻經處重印經書因緣略記〉，用原
刻版重印，開本仿原刻本，外加護封，印有「魯迅先生誕辰一百周年
紀念」字樣（參閱《魯迅著譯版本研究編目》，上海文藝出版社1996年10月
第1版第303-304頁）。算來，解放後金陵刻經處用原刻版兩次所印《百
喻經》不足千冊，也是彌足珍貴了。至於排印本，有單行本，又收入
「魯迅輯錄古籍叢編」中，則容易見到了。我收藏的《百喻經》原刻
原印本，既珍貴又有紀念意義，我當寶藏之。

（原載《舊書信息報》2004年11月29日）

我收藏的《蕭伯納在上海》

一九三二年二月，英國大文豪蕭伯納到了上海，宋慶齡在家中設宴歡迎，請魯迅、蔡元培、楊杏佛、林語堂等作陪。蕭伯納訪問中國，成為上海新聞的一個熱點，新聞記者追蹤他，上海的中外報紙爭相報導。正如魯迅先生說的：「這真是一面大鏡子，真是令人們覺得好像一面大鏡子的大鏡子，從去照或不願去照裏，都裝模作樣的顯出了藏著的原形。」

蕭伯納在上海只待了半天，新聞紙上的各種反應自然也很快消失了。但在三月卻出版了一本別開生面的書：《蕭伯納在上海》。封面上署：「樂雯剪貼翻譯並編校，魯迅序，上海野草書屋印行，1933」。這本書編印極快，而印數卻很少，據我所知也沒有重印過，如今已成為稀見書了。二十世紀八〇年代，上海書店有影印本出版，今天則不難讀到了。

《蕭伯納在上海》是瞿秋白和魯迅共同

編的，魯迅作序，瞿秋白寫按語和翻譯外文，由魯迅交野草書屋出版，並使用了魯迅的一個筆名樂雯。對於此書的編輯，許廣平在《魯迅回憶錄》中有一段生動的記述。當時，瞿秋白夫婦正在魯迅家避難，談到蕭伯納到上海，深感中國報刊報導太慢，蕭離去又太快，訪華情況會很快消失。「為此，最好有人收集當天報刊的捧與罵，冷與熱，把各方態度的文章剪輯下來，出成一書，以見同是一人，因立場不同則好壞隨之而異地寫照一番。」許廣平說：「由我跑到北四川路一帶，各大小報攤都細細搜羅一番當天的報紙，果然，各式各樣的論調不一而足。於是由魯迅和秋白同志交換了意見，把需要的材料當即圈定；由楊大姐和我共同剪貼下來，再由他們安排妥帖，連夜編輯，魯迅寫序，用樂雯署名，就在二月裏交野草書屋出版。」（《許廣平文集》，江蘇文藝出版社1998年1月版，第二卷，第314頁）《蕭伯納在上海》一書，記錄了兩位革命先驅者的友誼和他們的戰鬥精神。

　　我收藏的這本《蕭伯納在上海》，二十世紀五〇年代末得之於北京東安市場舊書店，定價一元。當時我還在北師大中文系讀書，沒有畢業。這一元錢買一冊只有一百三十二頁的書，當時是比較貴的，同樣厚薄的舊書，一般也就三、五角錢。書店標價者是懂行的。不僅此書稀少，而且這是一冊簽名本。在扉頁右側有題字：「緯文同學畢業紀念 李何林 廿六年」。民國二十六年是一九三七年，當時李何林先生在北平。據年譜記載，一九三六年八月至一九三七年七月，李先生在北平中法大學和北平高級商業職業學校教課，八月八日才離開淪陷了的北平。那麼，緯文同學應當是他教的一個學生，即將畢業，李先生送這冊珍貴的《蕭伯納在上海》以為紀念。緯文是誰，就不知道了。八〇年代，李何林先生一直在我們北師大中文系兼職，我在會上、會下多次見到他，就是沒有問問他緯文是誰，否則，就可以增加這則書話的掌故了。可惜李先生已於一九八八年故去，再想瞭解此書題字中的內容，已經成為永久的遺憾了。

　　《蕭伯納在上海》在我手中已存了四十多年，我要好好珍藏它，於史料價值外，更有文物價值。它證明了魯迅先生與瞿秋白先生的一段友誼，也是我對李何林先生的一種紀念。

（原載《舊書信息報》2004年4月19日）

蕭軍及其《八月的鄉村》

在《廣東魯迅研究》一九九八年第一期〈「我是魯門小弟子」──憶蕭軍〉（竺柏嶽作）中，提到了蕭軍先生的兩枚圖章。我有幸藏此二章的印拓，願借貴刊一角，介紹給廣大讀者。

說到印拓的來源，卻跟蕭軍先生的成名作《八月的鄉村》有關係。蕭軍這部膾炙人口的名著，在大陸至少有五個版本，我藏有它的第一個版本上海容光書局毛邊本（列為《奴隸叢書》之二）和第二個版本上海作家書屋本（列為《北方文叢》第一輯之一種）。在《八月的鄉村》版本史上，這是兩個相當珍貴的本子。可惜我那本容光版書，是一個殘本，前邊沒有封面和扉頁，後邊沒有封底和版權頁。容光版《八月的鄉村》在抗戰勝利前，至少印過十版，我那冊是哪一版呢？不可考。

在一九七九年，一位友人帶了我這兩本《八月的鄉村》去見蕭軍先生，請他過目和

鑑定。蕭軍先生看後，在容光版的最後一頁上，題了一段文字。它是：「這本書應為第一版印者，因無〈再版感言〉故也。蕭軍一九七九，三月三日」。同時，蕭軍先生蓋了四枚圖章，一為我們常常見到的「蕭軍」二字的陰文加框章，一為蕭軍表明當時居所的「銀錠橋西海北樓」長方陽文章。另外兩枚，便是竺柏岳先生回憶中提到的「三十年代人物魯門小弟子」和「遼西凌水一匹夫耳」。前為陰文，後為陽文，兩枚圖章的字數雖然不一樣，但石頭的大小都是一樣的。蕭軍先生還用書頁下邊的空白處，寫了「遼西凌水一匹夫耳」八個字，註明了那方印章的文字。

時間過了快二十年，蕭軍先生的這段跋文和四枚鮮紅的圖章印拓，留在我那殘本上，也深深印在我的心中。我那《八月的鄉村》雖然不少正文，但卻是沒有版權頁的殘書。現在經過蕭軍先生的鑑定，寫上了他那蒼勁有力的跋文，蓋上了幾枚寶貴的印章，我想，它的價值當不亞於完整的本子了。蕭軍先生離

開我們快十年了，為了紀念他，我介紹了這兩枚極富特色的印章和那一段因緣。

（原載《廣東魯迅研究》1998年第2-3期）

馮至的《十四行集》

「**五**四」時期沉鐘社的主要成員馮至，以詩著稱，被魯迅先生譽為當時「中國最為傑出的抒情詩人」（〈《中國新文學大系》小說二集序〉）。他的《昨日之歌》、《北遊及其他》，曾經激動過不少青年的心。

馮至的詩歌創作，大體可以分為三個時期。馮至自己說：「如果說，《昨日之歌》與《北遊及其他》是我寫詩的第一個時期，《十四行集》是第二個時期，那麼《十年詩抄》就是第三個時期了。三個時期，中間都間隔了十年左右，詩的內容不同，形式和風格也有不少變化，而且有一大部分寫得很不好，但是，我認為都同樣表達了我不同時期的思想感情。」（《自傳》）寫得很不好，是自謙之詞，能夠表達不同時期的思想感情卻是千真萬確的，我們研究馮至先生的思想和創作，這些詩作是不能不讀的。

代表馮至第二個時期的《十四行集》，是薄薄的一冊，雖則印過兩次，已經是難以

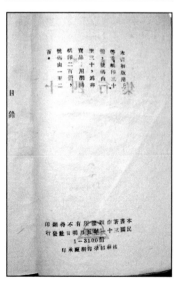

尋覓的珍本了。集中二十七首十四行詩，都寫於一九四一年，距《北遊及其他》的出版，已經十二年了。當時作者在昆明西南聯大任教，於平淡的日常生活裏發現了詩，拿起放下多年的筆，用十四行的形式，詠誦出來。詩的數量並不多，但表現了詩人當時的思想和感受，是彌足珍貴的。當時朱自清評論説：「也有從敏鋭的感覺出發，在日常的境界裏體味出精微的哲理的詩人。……我心裏想著的是馮至先生的《十四行集》。這是馮先生去年一年中的詩，全用十四行體，就是商籟體寫成。十四行是外國詩體，從前總覺得這詩體太嚴密，恐怕不適於中國語言。但近年讀了些十四行，覺得似乎已經漸漸圓熟；這詩體還是值得嘗試的。馮先生的集子裏，生硬的詩行便很少；但更引起我注意的還是他詩裏耐人沉思的理，和情景融成一片的理。」（《新詩雜話·詩與哲理》）

《十四行集》初版於一九四二年五月，由桂林明日社發行。版權頁註

明：1—3100冊。書為三十二開本，只有七十五頁。既無前言，也無跋語，前邊是二十七首十四行詩，後邊附錄雜詩六首。十四行均寫於一九四一年；雜詩則均為抗戰前之作。它們是〈等待〉（1930年）、〈歌〉（1931年）和四首〈給秋心〉（1937年）。據馮至在《自傳》中說，《十四行集》編成後，「寄給在桂林的陳占元，由他以明日社的名義在桂林排印出版。」當時，抗日戰爭正處艱苦時期，物質條件很差，一般出版物多用土紙印行。《十四行集》的出版，算是講究的，除一般土紙本外，還印了少量的考究本。在版權頁上印著：「本書初版用上等重紙印三十冊，號碼由一至三十，為非賣品；用瀏陽紙印二百冊，號碼由一至二百。」編號發行，大有限定版的味道，可惜當時的條件太差了，今天看來是並不考究的。重紙本我沒見過，我從冷灘得到的一本，是瀏陽紙本，編號為93。抗戰困難時期的出版物，至今字跡清楚，這已是很難得了。此本沒有舊主人的藏書印記，只在封面上有「從文用書」四字，是毛筆寫的，不知是不是當年沈從文先生的收藏。

《十四行集》在一九四九年一月，曾由上海文化生活出版社重印過一次，也是三十二開本，全書七十四頁，內容稍有變動。秋心是散文家梁遇春的筆名，他與馮至同畢業於北京大學，他們是較熟的朋友。〈給秋心〉（四首），是作者紀念這位早逝的作家的。最近，馮至在〈談梁遇春〉一文中說：「1949年《十四行集》重版，我覺得這四首詩對於亡友的懷念表達得很不夠，又把它們刪去了。」（載《新文學史料》1984年第1期）重印的《十四行集》，版權頁也標明「初版」，實則這是文化生活出版社的初版，並非這本詩集的第一次出

版。有人沒見過明日社的版本，便誤以為文化生活出版社的版本為初版了，這也足見原版《十四行集》的稀少和值得珍視。

　　《十四行集》解放後沒有重印過，連選集中也很少入選。一九五五年出版的《馮至詩文選集》裏，就沒有選錄十四行詩，並且在序言中對這些詩給以否定的評價，恐怕是不公允的。直到一九八〇年出版的《馮至詩選》中，才又收入了這些十四行詩，算是恢復了事物的面貌。我想，無論從反映馮至的思想感情說，還是從瞭解我國詩歌發展的軌跡說，《十四行集》都該佔有一席地位。因此，我對明日社初版本《十四行集》加以介紹，也不是沒有意義的。

（原載《中國現代文學研究叢刊》1985年第2期）

也說何其芳《星火集》的版本

讀二〇〇五年六月六日《舊書信息報》許定銘先生文章：〈我藏的合成本《星火集》〉，引起了我的興趣，也來談談何其芳先生的散文集《星火集》的版本問題。如有不妥，請許先生和廣大讀者指正。

六月六日報上，許先生介紹封面的那本《星火集》，我也有。此確為《星火集》初版本，版權頁上是：「中華民國三十四年九月初版」，「出版者　群益出版社　重慶臨江路西來街廿號」。許先生介紹的內容不錯，收文二十二篇，釐為四輯，後有〈後記〉一篇。此土紙本書的封底上，有「裝幀：廖冰兄」字樣，那麼這精美封面當為著名畫家廖冰兄所作了。這個版本有兩個缺點，不僅因為用很劣的土紙印，字跡不清；而且如〈星火集‧後記二〉所說：「出版社震於國民黨反動派的審查制度的餘威，把其中〈我歌唱延安〉和〈論對待文學的態度〉兩篇自動抽掉了，而且『XX』很多，篇次和字句都有些

錯亂，讀來令人不快。」

　　我藏的一本，可是個珍本，六〇年代初得之於北京西單商場舊書店。這是作者贈胡風的本子，扉頁上有題字：「胡風兄　其芳十月十四日，一九四五」。不僅如此，書中還有多處作者校正的文字，如〈關於藝術群眾化問題〉、〈後記〉中，多處XX，都添上了「延安」、「毛澤東」、「馬列主義」等字樣。在目錄上，加上了被抽掉兩文的標題，並註明「被刪去」。這個難得的版本，在「文革」中我怕賈禍，挖掉了「胡風兄」三字，甚是可惜！

　　一九四六年十一月，《星火集》在上海再版。群益出版社是用初版原紙型印的，文字與初版同，抽掉的文章沒有補上，錯誤的地方也沒有改正，僅僅是紙張好了一些。

　　一九四九年十二月，群益出版社在上海印了《星火集》三版，這是該書第一次修訂版。列為《群益文藝叢書》之一種，封面改用了該社《文藝叢書》共用的那張封面，熟悉舊書的都知道它。

內容如許先生所說，第二輯加上了當年被抽掉的兩篇之一的〈我歌唱延安〉，第四輯四篇則全部抽掉，最後加了〈後記二〉，並改正了初版時的錯字，補上「ⅩⅩ」中應有的文字。許先生文中，有兩處小誤：三版是一九四九年十二月出版，印成了一九四○年十二月，大約是排印失校之誤。說第四輯文章「被作者自己抽走，編到《星火集續編》裏去」，可是判斷錯了。〈星火集·後記二〉說的「第四輯關於文藝方面的文章全部抽出了，準備編入一個文藝論文集子裏」，是指何其芳當時正在編的《關於現實主義》一書。該書海燕書店一九五○年三月初版。四篇文章均收其中。實際《星火集續編》群益出版社一九四九年十一月已出版，也是《群益文藝叢書》之一種。群益出《星火集》三版時，它已出版，要收入那四篇文章也是不可能的。《星火集》三版收文十九篇。

　　《星火集》第二個版本，由上海新文藝出版社出版，是第二次修訂版。

一九五一年一月第二版。在群益三版基礎上，又抽掉〈某縣見聞〉、〈在大青山〉、〈論「土地之鹽」〉、〈高爾基紀念〉，全書從十九篇減為十五篇。五〇年代以來，通行的就是這個版本，全書一四九頁，小三十二開本。據一些書目載，新文藝出版社一九五二年八月出了新三版，上海文藝出版社一九五九年七月出了新一版，這使用的都是同一個紙型。該版大約被作者和家屬認作最後的定本。河北人民出版社二〇〇五年五月出版了《何其芳全集》，《星火集》收在第二卷中。編者經家屬授權，《星火集》就是據新文藝出版社一九五五年五月的版本排印的。僅從這一點，也看出了作者生前是看重這個第二次修訂版的。

以上我簡略地介紹了何其芳先生《星火集》的版本。寫出了所知，以公同好，並企盼著方家教正。

（原載《舊書信息報》
2005年10月31日）

郭沫若先生評《今天》

在《新文學史料》一九八九年第四期上，草明先生公佈了〈我珍藏的四封信〉，這無疑是文壇上的珍貴史料。草明說：「第二次去和平賓館，我送去我寫的中篇小說《原動力》和一本短篇集請前輩們指導。」郭沫若第一封信中說，兩本書都收到了，而且還評說了讀短篇集的印象：「我讀了〈我們為了他〉和〈無名女英雄〉兩篇，很真實動人。以後再慢慢讀你的其他作品。」

這裏提到的那個短篇集，就是《今天》。非常巧，當年草明送郭沫若的這本書，現在被我所收藏，這有題字可以證明：

郭沫若先生指正！

草明一九四八，十二

這書是六十年代初，我得之於中國書店的，它怎樣從郭沫若先生家中流傳出來，就不得而知了。《今天》為三十二開報紙本，全書一二七頁，內收短篇小說十一篇。前七

123

篇寫於抗戰勝利之後，是作者進入東北解放區的作品，依次為：〈「我們為了他」〉、〈無名女英雄〉、〈糧秣員同志〉、〈史永平是怎樣復仇的〉、〈解放了的「虎列拉」〉、〈今天〉、〈新夫婦〉。後邊四篇則寫於一九三七至四一年，題目是〈遺失的笑〉、〈血海深仇〉、〈南溫泉的瘋子〉、〈陳念慈〉。最後附有簡短的〈後記〉。在版權頁上印著：「中華民國三十六年十一月初版」，出版者發行者為光華書店，記錄的印數為「1－5000」。封面為紅色，透出的白字是「今天」和「作者草明」。右下方的圖畫是煙筒冒著煙的工廠和一位年老的婦女。在當時解放區的出版物中，它的印刷、用紙都是比較好的。

　　郭沫若信中說以後慢慢讀其他作品，這諾言是實踐了，在這冊《今天》上，留著不少批語，而且一望可知為郭老的親筆。這些評論，恐怕《今天》的作者也沒有見過，因此，我以為加以介紹，也是讀者和原作者都樂於知道的。

評語可分為三類。第一類是論及全篇的，共有兩條。一條寫在〈解放了的「虎列拉」〉文末，是：「前後組織得不大好，率性不用第一人稱或許更會好些。」另一條在〈今天〉的文末上端：「組織得不好。」郭沫若從篇章結構的角度，批評了草明的小說，我想，這對理解作品，幫助愛好文藝的青年學習寫作技巧，都是很有好處的。就是對於老作家草明，恐怕也有參考價值。

第二類，是對遣詞造句的斟酌和批評。這類較多，對於潤色文字、錘煉字句，都有借鑒作用，甚至可以看做是「不該這麼寫」的範本。主要有以下幾條：

（1）「這樣的事情，除了天上的星星看見之外，鬼也不知道。」（〈糧秣員同志〉）

在「鬼」字旁邊，劃了「X」，眉批為：「豈非承認有鬼？」

（2）「夜深了，……在堡內守衛的二十五個日本兵都響著沉濁的鼾聲，伴著他們底武器睡倒了。」

（〈史永平是怎樣復仇的〉）

在「都」字旁邊，劃了「X」，眉批為：「並不一定個個人都打鼾。」

（3）「一進小門，他就看見班長黃同志給一個鬼子按倒。那傢伙正拔出刺刀打算向班長底胸膛刺去。史永平一輩子也沒有那樣敏捷過，他連想也沒來得及想，就把自己的短劍刺進鬼子的腰部。班長趁這個機會翻身起來，再給鬼子加了一刀。史永平在死屍的衣服上揩著短劍的血跡，……」（〈史永平是怎樣復仇的〉）

在「加了一刀」四字旁，劃了一條直線，眉批是：「這一刀要加上要害，如心臟部位，然後才能立即成為『死屍』。」

（4）「……；使這居室那種貧窮，簡陋和不潔的特色更加鮮明。」
（〈解放了的「虎列拉」〉）

在這些字旁，加了一條長長的直線。眉上的批語是：「多餘的話。」

（5）「突然一個醜陋的面孔在她面前出現了。那人看來是個婦人，……眼睛大得像牛眼睛，嘴角是歪歪斜斜的，眉心可怕地緊皺著，目光瘋人似的癡呆，但又充滿了憎惡、咒詛，和懷疑——看那樣子，活像個含冤未報的吊死鬼，或者是個在監獄裏餓死的女鬼。」（〈今天〉）

在「像個含冤未報的吊死鬼」和「在監獄裏餓死的女鬼」旁邊，各加了一條直線，旁邊空白處批著：「老是鬼！！！」連用三個嘆號，表示了批者的感情色彩。

第三類，是錯別字的改正，這裏主要是針對排字的誤植者，當然也許有作者的筆誤，但我們也不易分清了。這部分從略。

另外，還有些符號，像圓圈、直線和叉等，因為沒有文字，我這

裏就不舉出了。

郭沫若先生的親筆批註，都集中在三至六幾篇小說中，或者是打算轉告作者的，最後五篇，沒有記號或文字，當時因為忙而沒有讀完，也未可知。郭老這些批文，當初恐怕是並不打算公諸於世的，也許連作者也沒有見過吧？我為了尊重史料，也為了使廣大讀者更好瞭解郭沫若致草明的信，冒昧地披露這些內容。不當之處，並希讀者指正。

（原載《新文學史料》1990年第2期）

我收藏的一本《人世百圖》

靳以原名章方敍，天津人，復旦大學畢業。他是著名的小說家，有多本短篇小說集出版，並有八十多萬字的長篇《前夕》。同時又是著名的編輯和教授。一九三四年與鄭振鐸、巴金等人辦了著名的《文學季刊》，後來又有《文季月刊》、《文叢》、《現代文學》。一九三八年入川，十月被聘為內遷的復旦大學中文系教授。解放後的五○年代，則與巴金合編過大型刊物《收穫》。

一九三九年一月至一九四三年五月，靳以為重慶《國民公報》主編了文藝副刊《文群》，在四年多的時間裏共出五百多期。靳以以抗戰中所見所聞，在《文群》上用蘇麟的筆名，發表了許多小文章。作者將這些雜文輯印出來，就是《人世百圖》。正如他後來在〈再記《人世百圖》〉中說的：「創造了新的筆名，極力掩飾自己的風格和筆調，看大事，寫小文章，其中實在是有說不出來的苦衷的。」為什麼如此呢？就是為了對付

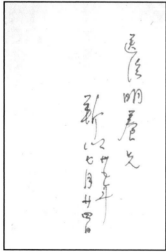

檢查先生們的眼睛，揭示抗戰以來見到的那些醜惡嘴臉，描繪見到的人世百相。作者又說：「這一下就把苦找到了自己的頭上來了。我就開始用『人世百圖』的總名，寫一段段的小文章。我用了一個新的筆名，為了使人不知道是我的作品，我用盡力量改變一切。這真是一椿吃力不討好的事，我要表現我的意見，我還得要時時隱藏我自己。壞的是自己雖然是百般努力，可是藏著的自己，不知不覺中時時總要露出來。」

靳以先生這本變著方法隱藏自己的小書，極有史料價值。它是我們研究靳以的不可或缺的材料，同時又是瞭解那個時代的真實圖錄。這本小書有兩個版本，都是極珍稀的。

第一個版本《人世百圖》，蘇麟著，福建南平國民出版社一九四三年十一月初版，《文藝叢書》之一種。〈楔子〉、〈後記〉外，收雜文三十一篇，這是較早在《文群》上發表的那一批。篇名有〈瘤〉、〈熊的故事〉、〈蒼蠅〉、〈豬〉、〈蛙〉、〈雄雞

的死亡〉、〈狗〉、〈鴨的生涯〉、〈蛆〉、〈蠶〉、〈跳蚤〉、〈虎〉、〈鼠〉等，作者用擬人化的方式，描繪世相，諷刺醜惡的事物。還有〈饒舌一番〉、〈大師〉、〈引子〉、〈胞衣〉、〈路〉、〈釣〉、〈啟事一則〉、〈官人〉、〈紈絝子〉等，幾百字短文，也是描寫人世百圖的。這個版本是用當時福建特產改良紙印的，較抗戰期間常見的土紙本為好，但今天已不常見了。

第二個版本　《人世百圖》，靳以著，上海文化生活出版社一九四八年二月初版，為巴金主編的《文學叢刊》第九集之一種。小三十二開報紙印，共一百七十二頁。這是第一個版本的增補本，收入原三十一篇外，又補了第一個版本出版後作者所寫同類雜文十六篇，並在原〈楔子〉、〈後記〉外，增加〈再記《人世百圖》〉一文，對當年的創作甘苦，多有交代。增加的篇目在原三十一篇後，它們是：〈工程師〉、〈父子倆〉、〈獻給大神的人〉、〈龍〉、〈猴子〉、〈狐狸〉、〈老報務員〉、〈呆子〉、〈老丑角〉、〈我輩是狗〉、〈牛的路〉、〈人的悲哀〉、〈奴才的笑〉、〈魔鬼的紛擾〉、〈神的滅亡〉、〈做了乞丐〉。靳以的《人世百圖》雖然沒有百篇，但那個時代的人世百態，卻被作者保留在這本集子裏。這是小說之外，作者的另一幅筆墨呢！

我藏有一冊《人世百圖》，是靳以這本書的第二個版本，於一九六四年九月十七日購自東安市場的五洲書局。此本可以一說的，這是作者的簽名本，在扉頁前的空白頁上，有如下題字：

送給明養兄

靳以　卅七年七月二十四日

從書的版權頁可知，這增補本《人世百圖》，是「中華民國三十七年二月初版」的，那麼，此書是作者拿到書後的七月，送給他的同事、復旦大學教授張明養的。張明養先生本名良輔，一九二九年畢業於復旦大學，三〇年代初考入商務印書館編譯所，參加《東方雜誌》、《學生雜誌》的編輯工作。後來長期協助胡愈之編《東方雜誌》，成為一位集專家、教授、編輯於一身的著名學者。一九四二年在重慶入復旦大學法學院任教授，直到一九五二年應出版總署署長胡愈之徵召，來北京主編《世界知識》，入人民出版社任副總編輯。一九四八年七月，靳以和張明養都在上海復旦大學任教，一個在文學院，一個在法學院，為同事。《人世百圖》出版後，靳以贈書給張明養先生，那是順理成章的。此書為什麼流入市場，就不可考了。

　　《人世百圖》雖然有兩個版本，但各只印過一版，所以傳世似並不多。作為新文學的一個珍本，我將好好保存它！

　　　　　　　（原載《博古》第5輯，上海圖書公司2004年9月出版）

我收藏的魯彥作品

王魯彥，原名王衡，又名王返我。發表作品時，別署魯彥。浙江鎮海人，一九〇一年生，是位活躍在上世紀二〇～四〇年代的著名新文學家，為文學研究會的著名小說家和翻譯家。可惜，這位有才能的文學家，在抗日戰爭的顛沛流離和貧病交困中，於一九四四年八月就去世了，只活了四十四歲。

王魯彥出生在農村，十八年的農村生活，造就了他對農民的熟悉和瞭解，也成為他創作的基礎。一九二三年十一月，魯彥的第一個短篇小說〈秋夜〉發表，後又有〈秋雨的訴苦〉、〈柚子〉、〈菊英的出嫁〉等等，從此開始了他小說家的歷程。魯迅在《中國新文學大系》〈小說二集序〉中，對王魯彥有很高的評價。他說：「看王魯彥的一部分的作品的題材和筆致，似乎也是鄉土文學的作家。」「他所煩冤的卻是離開了天上的自由的樂土」，「要說冷靜，這才真是冷靜」。「對專制不平，但又向自由冷笑。

作者往往想以詼諧之筆出之的，但也因為太冷靜了，又往往化為冷話，失掉了人間的詼諧。」魯迅先生將王魯彥的創作，定位在鄉土文學作家裏，是非常正確的。進入三〇年代，魯彥的創作力最為旺盛，不僅出版了多個短篇小說集，還出版了長篇小說《野火》（後來重版時改名《憤怒的鄉村》）。

在文學研究會諸作家中，魯彥是很有特色的，創作也是很豐富的。可惜，幾十年來對他的研究很不夠，除范伯群、曾華鵬二位教授出版了一本《王魯彥論》外，好象學術界對這位早逝的作家不太關注，既沒有全集出版，也沒有傳記、年譜之類問世。我想，原因之一是他的著作傳世不多，收集起來不容易。粗略統計，王魯彥的小說和散文集，前後出版過十四種，絕大部分是抗戰前問世的，到如今幾十年過去了，怕已不容易得到了。我認為，魯彥作品的各種原刊本，是極有收藏價值的；有志收集新文學版本的朋友，不妨留心找一找。

　　我在五〇～七〇年代曾熱心收集魯彥的作品，雖然也下過功夫，但僅僅得到了八本，依次為《柚子》、《黃金》、《屋頂下》、《驢子和騾子》、《雀鼠集》、《河邊》、《憤怒的鄉村》和那本與夫人合著的《嬰兒日記》。此外，我還有新文藝出版社出的《魯彥散文集》和八〇年代鄭擇魁教授寄贈的《魯彥作品欣賞》，因不是原刊本，這裏不計在內。魯彥的作品，還有《童年的悲哀》、《小小的心》、《鄉下》、《旅人的心》、《傷兵旅館》、《我們的喇叭》六本，則是我多年沒有找到的。

　　在我收藏的八本魯彥作品中，有兩本較為珍稀，略作介紹。《柚子》是魯彥的第一本短篇小說集，北新書局一九二六年十月初版，道林紙印，三十二開毛邊本。封面極樸素，中間一堆柚子，上端有「柚子」二字，橫書，右上方直排「王魯彥小說集」六字，下端居中有「1926」字樣。封面為著名封面畫作者司徒喬所作，在扉頁前插頁上

印有「謝謝司徒喬先生，他給我畫這個封面。」全書收短篇小說十一篇，共二三六頁。一九二八年之前，魯彥只出版過這本小說集，因此代表魯彥在新文學第一個十年的成果的，就是此書了。書中可以看到被魯迅先生稱道的〈秋雨的訴苦〉、〈柚子〉以及被魯迅先生收入《中國新文學大系・小說二集》的〈燈〉。其他常被提及的〈秋夜〉、〈阿卓呆子〉、〈菊英的出嫁〉等，也收在此書中。《柚子》一書，據說一九二七年再版過，但我沒見過；初版本傳世不多。一本重要學術著作上說它由「北京北新書局一九二六年出版」就錯了，因為版權頁上有「一九二六年十月在上海初版」，作者大約沒見過此書。

《黃金》是王魯彥的第二本短篇小說集。上海人間書店一九二八年五月初版，三十二開本，一八六頁，內收小說五篇。第二年換了一家書店再版，我收藏的為此再版本。再版本一九二九年七月由上海新生命書局印行，是用舊紙型重印的，但前邊加了八頁，是〈未曾寫成之序──即以此代序〉，後邊加上小說〈最後的勝利〉，頁碼為187～217。這樣再版本就收小說六篇了。我這本《黃金》的可貴處，在於它是作者簽名本，目錄前的空白頁上，有「給　耘阡兄　魯彥」三行字，沒有日期，估計應當是一九二九年《黃金》出版後，魯彥送給友人的。在這段題簽後，又有用紅筆寫的三行字：「轉贈給　元愷兄　濤」，也沒有年月日。這樣，我們知道魯彥這本小說集是送給一位名濤字耘阡的友人，惟不知道他姓什麼。

所藏魯彥其他的作品，較常見，就不多說了。

（原載《上海新書報》2004年5月21日～5月27日）

買舊書的二三往事

我一九四八年一月到北京，讀小學。學會了買舊書，收集那些新文學書。幾十年過去了，不少往事常常出現在記憶中。我不是藏書家，卻也積攢了不少好書，今天說一、兩件，也是很有意思的。

一九五三年我在北京師範學校讀一年級，學校離西單商場近，下午課後常去舊書店逛逛。在南端一家小書店，發現了一本臧克家先生的《烙印》，一九三三年七月初版，個人刊本，發行人署王劍三。這是個珍本，詩集前有聞一多的〈序〉，此集正是作者送給聞一多先生的，卷首有題字和簽名。當時年紀很小，也知道它的珍稀。一看定價，我這窮學生買不起，書店老闆是懂行的，標價是同類書的十倍。過個把禮拜，等我湊夠錢去買時，卻已被別人買走了。半個世紀過去了，每想起此詩集，總感到遺憾！後來，我買了開明書店版《烙印》，那是《開明文學新刊》的一種，但那怎能跟臧克

家先生簽名贈聞一多先生的本子相比較呢！買舊書要講究緣份，我是與它無緣了。

六十年代初，我剛剛畢業做了中文系助教，跑舊書店跑得更勤了。在東安市場舊書攤群的一個角落，買到了臧克家先生的《掛紅》。此為臧先生的小說集，上海讀書出版社一九四七年六月初版，三十二開，報紙印，收〈掛紅〉等短篇小說十篇。只印此一次，沒有再版過。我買的這本，雖然封面、封底都有，正文也不缺頁；但認真說是本殘書，它的扉頁被原書主人撕掉了，扉頁背面的版權頁也沒有了。但它是個珍本，在扉頁前邊的空白頁上，有作者的題字。全文豎行寫，五行字是：

我以我第一個小說習作集
去碰一個嚴正而深邃的靈魂，
並欣待著他的評斷。
雪峰先生

克家　三六，六月

在這題字右側，有作者在上海的地址：

——通信處：本市（五）北四川路東寶興路138號

這雖是一冊殘書，但買到之後我很高興，作者的題字，使它具有很高史料價值。此書我如今雖然保存著，但題字已有了殘缺。在文化大革命期間，我這小助教也被抄家之風嚇壞了，將僅有的幾冊簽名本，也做了處理，將胡風、胡適、馮雪峰這些人名挖掉了。因此，此簽名本上，題字中的「雪峰先生」四字已沒有了，惜哉！

我一九五九年七月從北師大中文系畢業。畢業前，系裏曾給我們請了好多位教授、學者講學，其中有唐弢先生講「魯迅雜文的藝術特徵」，這樣我認識了唐先生，雖然這時他還不認識我。一九七二年六月的一天，在琉璃廠的中國書店裏，我遇到了唐弢先生，我趕緊過去打招呼，還當面請教了一個魯迅佚文的問題。後來，我們各自翻書，離得有些遠了。忽然聽得唐先生向營業員問有沒有臧克家先生的《罪惡的黑手》，但也沒聽得十分清楚。總之，唐先生在找臧克家的詩集呢！

那時候，我買的臧克家先生的作品還不多，只有幾本，但是很巧，《罪惡的黑手》卻有兩本，一本是生活書店一九三五年三月再版本（《創作文庫》之14），另一本是星群出版公司一九四七年六月初版本。回家後想想，願意把兩本《罪惡的黑手》送給唐弢先生，也許他更有用。我便寫信告訴唐先生，送書給他，還在信中繼續問我的關於魯迅的問題。書寄去後，不久就收到了唐弢先生的來信，書又寄了回來。唐先生說：「臧克家詩兩本，我已有同樣的版本，倘可湊套，我早已把《創作文庫》本留下了，現在既是複本，留著無用，而你是教寫作的，有時可以參考舉例，用得著，特將原璧奉還。」（1972年6月28日信，《唐弢文集》第10卷第216頁）

那天在中國書店，我確實沒有聽清楚。所以唐先生收到我説送書給他的信，曾立即回信給我，説明了他對營業員的要求。唐先生信中説：「那天你大概沒有完全聽到我的話。我有一個不足為訓的壞脾氣，買書要書品較好的，乾淨而又較新，倘有較好的精裝（壞的精裝有時不如平裝），就買精裝的。我有一套《創作文庫》的精裝本，其中只有《罪惡的黑手》是平裝，我見到中國書店有平裝本，問他們有沒有精裝的，回答説沒有。我估計你買到的也是平裝本，另外同一書店出的紙面精裝本（非《創作文庫》本），我也有。那天是為了想配成套，才問他們。」（1972年6月24日信，《唐弢文集》第10卷第215頁）兩冊《罪惡的黑手》又回到了我手中，如今我還珍藏著。

　　唐弢、臧克家兩位前輩學人已先後故去，他們的多冊著作我都保存著。唐先生的幾封信，我已交給王世家兄編在了《唐弢文集》中，原件我也珍藏著。如今有時想起過去買舊書的往事，也覺得很珍貴呢！

我的幾個夏衍簽名本

從一九八〇到一九九七年，三聯書店出版了一套雜文叢書。我見到的有十二冊，依出版次序是：《夏衍雜文隨筆集》、《聶紺弩雜文集》、《秦似雜文集》、《徐懋庸雜文集》、《廖沫沙雜文集》、《唐弢雜文集》、《柯靈雜文集》、《宋雲彬雜文集》、《胡風雜文集》、《曹聚仁雜文集》、《茅盾雜文集》、《王任叔雜文集》。據説還有一冊《孟超雜文集》，打好版型多年，卻沒能出版。這套書裝幀精美、印製講究，一律小三十二開，精裝一厚冊。沒有叢書之名，裝幀設計則是一樣的。這是一套可讀性強、有史料價值的書。就因為這套書的頭一本《夏衍雜文隨筆集》的編輯出版，我得到了四冊夏公的簽名本，可謂幸事。

那是一九七九年年初，這套叢書頭一本《夏衍雜文隨筆集》的編輯工作就開始了。從資料的收集到編輯、校勘，有好幾位給夏公幫忙的人。這之中，有我一個熟人，因之，對集子的編輯體例，我貢獻了自己的構

想。一九七九年七月,那位熟人去看望夏公,轉達了我的意見。夏公很高興,不僅接受了建議,還在我那位朋友替我帶去的夏公著作上題了字,共兩冊,一本是電影文學劇本《祝福》,另一本是二十世紀四〇年代出版的《戲劇春秋》。

魯迅先生的《祝福》,一九五五年由夏衍先生改編為電影劇本,拍攝上演後,成為經典之作。這劇本一九七八年十二月由中國電影出版社出版。在我的這個藏本上,夏公的題字是「金順同志留念 夏衍 七九、七、四」。

一九四三年九月,重慶戲劇界為應雲衛慶祝四十歲生日,也紀念中國話劇運動的歷史。當時,在宋之的創意下,以應雲衛為模特兒,夏衍、宋之的、于伶三人合作,創作了五幕七場話劇《戲劇春秋》,用一個人串聯了整個話劇運動。話劇在重慶公演,獲得成功。劇作由重慶未林出版社一九四三年十一月初版,列為《現代劇叢》的第一種。該劇演出和出版後,文藝界反映熱烈,發表

了不少評論文章，稱讚它的成功，同時也指出了某些不足。於是，一九四四年五月未林出版社又出版了《戲劇春秋》的「增訂版」初版本。二十世紀六〇年代初，我買到了《戲劇春秋》「增訂版」初版本。這是抗戰艱苦歲月的土紙本，紙極薄，字跡不清楚，小三十二開本，全書共一九四頁。書還有些蟲蛀過的地方。但我很珍視它，這書不僅記錄著中國話劇運動的歷史，也是抗戰八年的歷史見證。在這本書上，夏公寫下了深情的字句：「重都（睹）此書，恍如隔世，之的同志去世已二十年矣。夏衍七九、七。」見到這冊三十年前的小書，勾起了夏公對宋之的的懷念。又是二十多年過去了，這冊《戲劇春秋》應當是一件歷史文物了。

一九八〇年年初，《夏衍雜文隨筆集》已經編好。這時我又收到了《祝福》簽名本一冊，書的空白頁上寫著「金順同志存正夏衍八〇、一、二一」。這樣，我就有了兩本《祝福》的簽名本，在「留念」和「存正」上，

區別著哪一本是夏衍先生贈送的吧！

三聯書店這套雜文叢書的第一本《夏衍雜文隨筆集》一九八〇年八月出版。在十一月的某一天，我得到了夏衍先生的贈書，扉頁上題字是「金順同志存正夏衍八〇、十一」。夏衍先生並不認識我，雜文集出版後，立即鄭重題字相贈，我想，除了因為我在該書的編輯上幫過一點兒小忙外，同時也表現了前輩作家對後學的愛護。《夏衍雜文隨筆集》編印極精，三聯書店是下了功夫的。書籍由曹辛之裝幀，用新波木刻做包裝的題圖。全書八一八頁，精裝一厚冊，用紙也極考究，在八〇年代初，是極難得的。書中收入的夏衍先生雜文和隨筆代表作，其中的時間跨度就超過了四十年，是極具史料價值的。

因為一個偶然的機緣，竟得到了夏衍先生四冊簽名本，說起來也是很幸運的。

（原載《舊書信息報》2001年10月15日）

我收藏的一本《論報告文學》

基希的《秘密的中國》三〇年代由周立波譯出，介紹到中國，曾產生過廣泛影響，對中國報告文學的興起，也有作用。

《論報告文學》，E・E・基希著，賈植芳譯，泥土社一九五三年三月初版，印數5000冊。這是一本只有七十四頁的小書，小三十二開本，薄薄的一冊。但這是一個珍本，我收藏它也有四十多年了。這本小書中，有三篇譯文，第一篇是基希的講演〈一種危險的文學樣式〉，講述了報告文學的特點和要求，由賈植芳譯出。第二篇是基希的報告文學名著〈「列寧同志問候你」〉，從一個捷克工人的記憶中，描寫了列寧的形象，由賈植芳譯出。第三篇是〈基希及其報告文學〉，作者巴克，是位與基希共事多年的著名記者與作家，文章介紹了基希及報告文學，由張元松譯出。

一本出版了五十年的小書，有什麼珍貴呢？我這個藏本是五〇年代末購自中國

書店的舊書，定價二角。當時，經過一九五五年的反胡風運動，譯者賈植芳成了胡風分子，泥土社作為與胡風有關的出版社，早已消亡，它的出版物也多遭禁毀。《論報告文學》出版於一九五三年三月，大約只印過一版，經反胡風運動後，此書存世的怕已不多了。當年不知怎麼一疏忽，它竟流到了舊書市場，不經意間被我買下了。「文革」期間，當時作為大學青年教師的我，也在「掃四舊」中處理過一批有礙的圖書，至今想起來還痛心，但這本胡風分子賈植芳譯的《論報告文學》，卻幸運地留了下來，應當說也是緣分了。

「四人幫」倒臺後，總算到了「解凍時節」。一九七九年十二月，我參加了中國社會科學院文學所主辦的史料編輯工作會議，會上與賈植芳先生相識。十二月二十日，賈先生他們來北師大圖書館查資料，順便也到了我家。賈植芳先生有過一本短篇小說集《人生賦》，由胡風先生編入《七月文叢》，署名楊力，一九四七年四月由海燕書店

初版。我也藏有此書，也躲過了「文革」的浩劫。我將《人生賦》和
《論報告文學》兩書拿給賈先生看，他說反胡風後還存有這兩本書很
不容易，他自己早已沒有了。我要將兩本書送給他，他只收下了《人
生賦》，並表示感謝。《論報告文學》賈先生要我收藏，留作紀念。
我便請先生寫幾個字。在書的扉頁上，賈先生這樣寫著：

感謝朱兄保存了這本連我也早忘記了的拙劣譯本。

賈植芳

七九年十二月二十日

在北京師大朱兄家

這樣，五十年前出版的、並一度成為禁書的《論報告文學》，經
過了人世滄桑之後，又得了它的譯者的簽名題字，譯者則是因胡風案
曾遭禁錮的世紀老人賈植芳先生。我是有收藏癖和考據癖的，那麼，
《論報告文學》的收藏價值是不待多說了。

二〇〇〇年三月，賈植芳先生的《解凍時節》由長江文藝出版
社出版，為李輝主編的《歷史備忘書系》之一種。書中主要的篇幅，
是賈植芳先生的《平反日記》和寫給夫人任敏的信，以及任敏先生的
《流放手記》，都是極珍貴的歷史資料。日前讀《解凍時節》，在
一九七九年十二月二十日，賈先生寫給夫人的信中，有這樣一段：
「今天我仍去師大查了一天材料，碰到一位朱老師（在開會時相識），
他送給我一本他所珍藏的《人生賦》，他另有珍藏的我譯的《論報告
文學》，他要我題字贈他，我照辦了。」（該書第125頁）讀後，想起
二十多年前的往事，感到是溫馨的，同時也有一份收藏的喜悅。今天
寫出來，與廣大的愛書人共用！

冷攤的一次巧遇

上個世紀五十年代，我讀高中和大學的時候，從《集外集》和《集外集拾遺》中，讀到許多魯迅先生的舊體詩，非常喜歡，可惜讀不懂。一九五六年蔣錫金先生發表了《魯迅詩本事》，有些本事說得活靈活現，但質疑的文章可不少，叫我們這些大學生莫衷一是。

一九五九年八月，廣東人民出版社出版了張向天先生的《魯迅舊詩箋注》。張先生用傳統的方法注魯迅先生的舊體詩，有箋、有注、有本事，每詩之後還有「全詩大意」。用白話文概括的全詩大意，對初學者極有幫助。《魯迅舊詩箋注》出版後，評論不少，大多認為是本好書，不過也有評論者認為他的箋注、詮釋也有不少需商榷之處。

進入六〇年代，張向天聽取了評論者的意見，在六〇至七〇年代初對《魯迅舊詩箋注》進行了「全部改寫」，補充了材料，訂正了錯誤。重訂本《魯迅舊詩箋注》在香港印行，分為上下兩冊，上冊一九七二年六月

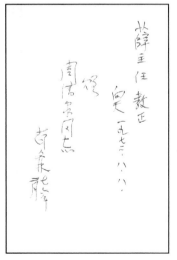

出版，下冊一九七三年四月出版。廣州的友人告訴了我這個消息，但當時在大陸是不可能買到香港版本書籍的，即使是魯迅先生的舊體詩集，也不能買到。我知道了此書的出版，很想一讀，但卻辦不到。

買書要講緣分，舊書尤其如此。喜歡舊書的朋友，千萬不要忘記那些冷攤。南社詩人姚鵷雛的名句：「暇日斬眉哦大句，冷攤負手對殘書。」怎樣的豪情，怎樣令人羨慕的境界。上個世紀八〇年代，北京那些冷攤又慢慢復甦了。德勝門小市是過去很有名的。好像是一九八七年的一天早晨，在一個冷攤上，我發現了一部《魯迅舊詩箋注》，正是香港雅典版的，書品極佳，在九品以上，一問價錢，只五元錢。這正是我尋找的一部書，趕快付錢買之，價也不用還了，索價極公道也！

回家一看，兩冊均初版本，上冊為一九七二年六月雅典美術印製公司出版的，雖然沒有「初版」二字，但考之著者〈前言〉末之年月，是「一九七二

年四月五日」，當知為第一次印刷本無疑。下冊是雅典美術印製一九七三年四月出版的，從時間推斷，也是第一次印刷本。尤為可貴的是這部《魯迅舊詩箋注》（重訂本），乃是作者送朋友的簽名本，上冊的空白頁上，題著：「薛主任教正　向天　一九七二、八、八」。這時下冊還沒有出版，只送了上冊；但第二年下冊出版時，作者張向天先生沒有忘了繼續送給這位「薛主任」，但沒有再題簽。

　　一部百尋不得的香港版《魯迅舊詩箋注》（重訂本），竟於冷攤遇到，而且是作者簽名本，這不是一次巧遇嗎！喜歡逛舊書攤的朋友，常常會有些巧遇，這就是收藏的樂趣！

　　　　　　　　　（原載《上海新書報》，2004年7月2日～8日）

輯三

翻箱翻出的新文學土紙本

小引

收藏民國版圖書的朋友都知道，抗戰時期出版了不少土紙本書。在三〇年代，這種書是沒有的，較為考究的書，用道林紙印，一般均用白報紙印，俗稱新聞紙。但到了抗戰時期，特別是一九四〇年至一九四五年日本投降前，國內物資極度匱乏，紙張供應緊張。這樣，在抗日後方各地，出現了大量土紙本書。在新文學版本中，那個年代出版的主要是土紙本。新文學書刊收藏者，對土紙本該是極熟悉的。

一九四九年九月至一九五九年七月，是我讀中學和大學的十年，我迷上了新文學版本，常常在北京一些書攤和舊書店買書。那會兒，土紙本新文學作品非常多。記得我總是躲著這些版本，嫌它字跡不清楚，嫌它紙劣不易保存。常常是寧可選擇那些抗戰勝利後的再版本，也不要那些初版的土紙本。只有在沒有報紙本可買的情況下，才買字跡模糊的土紙本書。今天想想，這可大錯了，收

藏保留著抗戰艱苦歲月痕跡的土紙本，這是一個多麼好的收藏專題呀！可惜如今土紙本已經不多了，經過六十多年，怕存世也很少了。有心的朋友，收藏抗戰時期的新文學土紙本吧！

　　前些天，為了找一本急需的版本，我翻開了自己的書箱、書櫃，在翻箱倒櫃中也翻出了不少新文學土紙本。我想，這是個好題目，願借《藏書報》的一角，介紹幾本我收藏的土紙本。

劉白羽著《太陽》

《太陽》，劉白羽著，短篇小説集，小三十二開本，草黃色土紙印。當今出版社一九四三年六月初版，建國書店發行，地址為重慶林森路特二十四號，列為徐昌霖編的《當今文藝叢書》之第一種。全書收短篇小説五篇，有〈後記〉一篇，全書共一四四頁。書沒有印數，封底有「重慶圖書雜誌審查委員會審查證第384號」字樣。

劉白羽是北京人，一九一六年生，為著名的小説家。因為曾長期擔任隨軍記者，極熟悉部隊生活，解放戰爭時期，隨部隊進入東北，寫出了一批著名的短篇小説，諸如〈無敵三勇士〉、〈戰火紛飛〉、〈政治委員〉、〈永遠前進〉等，解放後，曾兩次赴朝鮮戰場，寫了不少有影響的通訊報告。後來，散文寫作也極豐富，出版過多個散文集。其實，劉白羽在一九三八年去延安之前，已經發表了不少短篇小説。他的第一篇小説〈冰天〉，一九三六年發表在《文學》

雜誌上，第一個短篇小說集《草原上》，收入巴金編的《文學叢刊》第五集，文化生活出版社一九三七年五月初版。到延安工作後，參加了延安文藝工作團，遍歷華北各遊擊區根據地，寫了小說集《五臺山下》，重慶生活書店一九三九年出版。

《太陽》中收入的小說是：〈太陽〉、〈子彈〉、〈陸康的歌聲〉、〈破壞〉、〈一個和一群〉。作者在〈後記〉中說：「從《五臺山下》之後，幾年來，一直不曾有過一個集子和讀者見面。並不是在這幾年裏，我完全放棄了寫作，實在只是受著許多條件底限制，使得編好的集子也不容易和讀者見面。現在擺在讀者面前的這個小冊，已經經過三度的改編，並費去幾位友人底多番的努力！」這幾句話，說明了國民黨政府檢查制度的嚴酷，雖抗日期間，劉白羽的作品也難以在國統區出版。五篇小說中，有三篇文末註明了寫作時間。〈太陽〉是一九四〇年十二月十二日；〈陸康的歌聲〉是一九四二

年一月二十二日；〈一個和一群〉則是一九三九年三月三十日。〈後記〉還告訴我們，〈破壞〉寫於抗戰初年，〈子彈〉是「作於兩年前」的，該是一九四一年吧？

　　一九三八年劉白羽到延安後，一直生活在解放區，到一九四四年才被派到重慶。那麼，《太陽》中各篇，都是反映解放區的軍民生活的短篇，抗戰艱苦的一九四三年能在重慶出版，亦屬不易了。這五篇小說，僅〈太陽〉一篇，後來收在《龍煙村紀事》（中興出版社1949年5月初版，《中興文叢》之五）中，其他均沒有再收集子；而《太陽》一書，也沒有再版過。如此算來，這幾篇小說還是較為珍貴的，要研究劉白羽進入東北解放區之前的早期創作，《太陽》該是不可缺少的短篇集。

（原載《藏書報》2006年10月30日）

《杏花春雨江南》，于伶著，四幕話劇，重慶美學出版社一九四三年十月初版，一九四四年四月再版，一九四五年十一月三版。列為該出版社的《海濱小集》之五。我藏的再版本，全書一五一頁，三十六開本，用極劣土紙印。據劇尾註明的寫作時間：「一九四三年夏於重慶南岸」。

于伶，原名任錫圭，字禹成，江蘇宜興人，一九〇七年生，筆名于伶之外，還有一個著名的是尤兢。一九三〇年考入北平大學法學院，一九三一年加入北方左聯，一九三二年加入中國共產黨。一九三三年一月調往上海，為「劇聯」負責人及「文總」秘書，他不僅領導了上海的左翼戲劇運動，還創作了大量劇本。其中最為著名的有《女子公寓》、《花濺淚》、《夜上海》、《長夜行》、《大明英烈傳》等。于伶一直在上海堅持鬥爭，直到「皖南事變」後，他才先到香港，後到了重慶。正如王瑤先生所說：「于伶是堅持淪陷後的上海

劇運最久的一人，他的劇作也多以上海或江南為背景，對上海市民起了很大的教育作用。」（《中國新文學史稿》下冊第161頁）

于伶創作的戲劇，其中抗日題材不少，以《夜上海》和《長夜行》為代表作。四幕劇《杏花春雨江南》的劇情，是與五幕劇《夜上海》接著的，可以說它是《夜上海》的續集。主人公梅嶺春是一位有民族氣節剛正不阿的士紳。在《夜上海》中，借著梅家逃到上海的種種困苦經歷，寫出了上海人民與敵、偽鬥爭的種種面貌。在《杏花春雨江南》裏，因為日寇占了租界，梅家憤然還鄉。這是一個半淪陷區，在反抗敵人的「三光政策」、保護土產桐果的鬥爭中，作者著力寫出了我方游擊隊的抗日活動。

《杏花春雨江南》雖然產生在抗日的艱苦歲月，用土紙印，但書品極佳。三十六開袖珍小冊，封面很美，上三分之二是一枝杏花，下邊為篆書「杏花春雨江南」和「四幕劇 于伶著」字

樣。封面紙雖然不好，但為三色套印，在那個年代已經不易了。于伶先生的四幕五場劇，也寫得極用力，在標明幕次、場次的那頁背面，都有兩句陸游詩句，用十句詩概括了劇情。依次為：「青山歷歷鄉國夢，芳草也知人念歸。」（第一幕）「燈前撫卷空流涕，重到故鄉如隔生。」（第二幕）「遺民淚盡胡塵裏，南望王師又一年。」（第三幕第一場）「但願胡塵一朝靜，此身不憾死蒿萊。」（第三幕第二場）「王師北定中原日，家祭毋忘告乃翁。」（第四幕）用這十句詩概括劇作，不一定很準確，但足見作者結構、撰寫此劇的精心了。

在抗戰的艱苦歲月，《杏花春雨江南》雖然在兩年中印了三版，但估計印數也不會太多，如今存世怕很少了。這種土紙本小書，保存亦不易。如今要找于伶先生的《杏花春雨江南》，應當不難，但找原版土紙本，怕非易事。我要珍藏我的土紙本。

（原載《藏書報》2006年11月6日）

《戲劇的民族形式問題》一書，由茅盾、田漢等著，桂林白虹書店一九四三年五月初版發行。小三十二開本，全書一六七頁，粗劣的土紙印。此版後，大約沒有再版過。

一九三九年，毛澤東在〈中國共產黨在民族戰爭中的地位〉一文中，提出了國際主義的內容和民族形式結合的命題。提倡文藝要有「新鮮活潑的、為中國老百姓所喜聞樂見的中國作風和中國氣派」。接著，邊區文藝工作者就民族化、民族形式等問題展開了討論，延安報刊上發表了一系列文章。影響所及，在重慶、桂林文藝界，也發表了討論文章。一九四〇年三月二十四日《大公報》上發表了向林冰的文章〈論「民族形式」的中心源泉〉，主張「應以『民間形式』為民族形式中的源泉」，對五四以來的新文藝持否定態度，認為那是「畸形發展的都市產物」。由此，引起了論爭，展開了「民族形式」問題的討論。

郭沫若在《大公報》上發表了〈民族形式商兌〉，茅盾在《中國文化》上發表了〈舊形式、民間形式與民族形式〉，葛一虹則有好幾篇文章，都是與向林冰商榷的。這時，田漢正主編《戲劇春秋》，以戲劇春秋社主催，在桂林和重慶組織文藝界人士，開了三次「戲劇的民族形式問題」座談會，發言記錄就發表在《戲劇春秋》雜誌上。六十多年過去了，當年的論爭大家也都淡忘了，而《戲劇春秋》怕也不容易見到了。

《戲劇的民族形式問題》一書，收集了當時討論會的發言，為文學史保留了豐富的史料。全書的目錄是：一、〈舊形式、民間形式與民族形式〉（茅盾）；二、〈戲劇的民族形式問題〉（茅盾）；三、〈戲劇的民族形式問題座談會〉（桂林諸家）；四、〈戲劇的民族形式問題座談會〉（前會重慶諸家）；五、〈戲劇的民族形式問題座談會〉（中會重慶諸家）。桂林座談會上發言的有夏衍、歐陽予倩、聶紺弩、黃

藥眠等人。重慶座談會第一次有田漢、陽翰笙、光未然、陳白塵、葛一虹等人;第二次則有郭沫若、茅盾、老舍、洪深、胡風、賀綠汀等多人了。匯總了三次討論的發言,前邊有茅盾的兩篇長文,則有「代序」的意思。這本四〇年代的資料集,具較高的史料價值。白虹書店這本《戲劇的民族形式問題》,在我手頭保存超過了半個世紀,土紙本保存不易,我將珍藏它。

（原載《藏書報》2006年11月13日）

巴金著《無題》

《無題》，巴金著，烽火文叢社一九四一年六月一日桂林初版，為靳以所編《烽火文叢》之一種，烽火文叢社發行，文化生活出版社總經售。三十六開本，土紙印，全書六十三頁。〈前記〉之外，收雜文十九篇。其中有〈無題〉、〈先死者〉、〈寂寞的園子〉、〈做一個戰士〉、〈悼魯迅先生〉、〈深的懷念〉、〈逃荒〉、〈雨夕〉等。正如巴金先生在〈前記〉所說：「這是我的第三個雜文集。在《控訴人》和《感想》出版以後寫的短文，大都收在這小冊裏。……說『雜』，說『短』，倒是名副其實。自然都是不像樣的東西，不過因為全和抗戰有關，我便把它們集起來付印了。」「書名用『無題』二字，意思很簡單，我從來不會將就題目做文章，……翻讀舊作，總感到對不起題目似的慚愧。這次用了『無題』作書名，無非說說實話。」

巴金先生以寫小說著名，寫寫散文，也

都是敘事、抒情的篇什。抗戰開始後，巴金先生用筆為武器，寫了不少雜文，《無題》已是他的第三個雜文集。用以抗日，表現了一個作家的良心，值得稱讚。

我的《無題》是初版本，查查《民國時期總書目》，知道《無題》還有文化生活出版社一九四一年八月渝再版，一九四二年二月渝四版，一九四二年七月蓉一版。這僅有六十多頁薄薄一冊《無題》，前後即印過五版。但六十多年過去了，當年又多為土紙本，怕如今已存世不多了。記得上個世紀六〇年代買到這冊《無題》時，就感到很珍稀了，它的閱讀價值遠遠不如文物價值。如今，《無題》收在《巴金全集》第十三卷中，但文字經過潤色。例如〈前記〉就改動甚多，我們前引「這是我的第三個雜文集，在《控訴人》和《感想》出版以後寫的短文，大都收在這小冊裏」云云，均已刪掉了。「書名用『無題』二字，意思很簡單」，《巴金全集》裏則改為：「書名《無題》，

並無深意。」文字就不同了。巴金先生是新文學作家中，最喜歡改自己作品的一位，這從史料價值來說，就大大不同了。《無題》一書，一九四二年以後，沒有再重印過，如今收入《巴金全集》，文字又經過了潤色，那麼，土紙本初版的《無題》，其珍稀和文獻價值，就不言自喻了。

（原載《藏書報》2006年11月20日）

唐弢著《勞薪輯》

《勞薪輯》，唐弢著，雜文集。福建永安改進出版社一九四一年三月初版，列為該社《現代文藝叢刊》之六。小三十二開本，草黃色土紙印。福建這種土紙較一般土紙細軟，印書字跡清楚，但易遭蟲蛀，不易保存。全書〈題記〉四頁，〈目錄〉六頁，正文一五三頁。內收雜文七十二篇，寫於一九三七至一九四〇年，以一九三八年為多，有五十一篇。

唐弢先生是著名的魯迅研究專家、中國現代文學史專家，同時又是一位著名的雜文家。三〇年代，唐弢以雜文寫作走上文壇，當年極負盛名。一九四九年以前，陸續出版了六本雜文集，《勞薪輯》為第五本。這些寫於抗戰之初的雜文，雖然作者居於孤島上海，卻顯示了戰鬥精神。當時的福建永安，是抗戰時期我國東南的一處後方，改進出版社出過不少好書，黎烈文編的這套《現代文藝叢刊》，就是它的重要成果。這套叢書中

除雜文外，還有小說、戲劇及翻譯作品。唐弢走上文壇，正是從為黎烈文編的《申報‧自由談》寫雜文開始的。因此，唐弢將抗戰之初的雜文交《現代文藝叢刊》編為《勞薪輯》，就是很自然的了。

唐弢先生的幾本雜文集中，《勞薪輯》是較為難找的一本，正如唐先生為姜德明先生所藏該書上的題字所説：「此書抗戰期間印於福建永安，在我的舊著中，是較為難找的一本。德明兄居然收得，算是翰墨因緣了。一九七八年九月於北京。」（姜德明：《余時書話》，四川文藝出版社1992年9月第一版第296頁）這話確實，記得我六〇年代熱心尋找唐先生各種初版本時，也是其他幾本雜文、散文集都有了，就是買不到天馬版的《推背集》和這本《勞薪輯》。直到一九六五年春節，才在東安市場得到一本《勞薪輯》，還缺少了版權頁，且開頭還有蟲蛀的痕跡。就這樣我也如獲至寶一樣買回家，説來已是四十年前的舊事了。

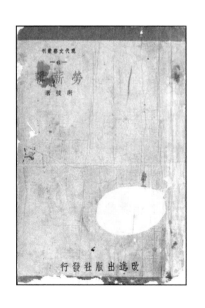

　　唐弢先生這第五本雜文集，書名是《勞薪輯》，常見有人寫成
《勞薪集》，這可是不對的。在《勞薪輯·題記》中，唐先生最後
說：「現在重讀這些文章，我倒真的又記起了動筆時候的境遇，哀愁
結集心頭，名之曰勞薪，希望也還有別人能夠懂得這意思。」為什麼
用「輯」不用「集」，唐先生沒有說，但書名確為《勞薪輯》，這是
不能替作者改動的。平時讀書，確常見到寫作「勞薪集」的，有人是
筆誤，但有人怕是沒見過這本書的緣故。我舉兩個典型的例子。《唐
弢文集》裏，在講全書的〈編輯說明〉中，提到這本書時寫作《勞
薪輯》；但過了幾頁，在〈第一卷說明〉中，就錯成了《勞薪集》。
在這部文集中有這樣的錯，是很不應該的。《余時書話》裏，有一篇
〈唐弢的書話〉。姜德明先生在文中，全文引了唐弢為他所藏《落帆
集》題字，文中還插入唐先生題字的影印件。題字中，兩處出現《勞
薪輯》這書名，題字原件和姜先生引文，全正確無誤。姜先生文中，
還講到了唐弢為《勞薪輯》題字，行文中卻成了《勞薪集》。這是作
者筆誤，還是排印時失校，我可就說不清了。前幾天讀《藏書報》上
介紹唐弢《落帆集》的文章，文末也引了唐弢那段題字中的話：「然
惟其有《落帆集》，並有《勞薪集》，始有唐弢其人。」唐弢手跡和
姜德明引文，這裏都是《勞薪輯》，引用時卻改成了《勞薪集》。替
唐弢改這本書名的現象，常常碰到；但《勞薪輯》就是《勞薪輯》，
是改動不得的。

（原載《藏書報》2006年12月11日）

何其芳著《夜歌》初版本

《夜歌》，何其芳著，詩集，小三十二開本，土紙印，正文一八三頁。重慶詩文學社一九四五年五月初版，為邱曉嵩、魏荒弩編輯的《詩文學叢書》之一種。內收〈夜歌〉、〈黎明〉、〈成都，讓我把你搖醒〉、〈生活是多麼廣闊〉等新詩二十六首。詩寫於一九三八年至一九四二年。書後有長篇〈後記〉，開頭就說：「抗戰以來一九三八年到一九四二年所寫的短詩大部分都在這裏面了。其所以還有少數未能收入者，因為全部原稿並不在手邊，這是根據大後方的朋友們替我保存的作品編起來的。」〈後記〉寫於重慶，所署時間為一九四四年十月十一日。

何其芳以新詩走入文壇，成名作是卞之琳編的三人合集《漢園集》和散文詩《畫夢錄》，他被稱為漢園三詩人之一。抗戰的炮聲震醒了詩人，一九三八年八月，何其芳奔赴延安，參加了抗日戰爭。到延安後，何其

芳在魯迅藝術學院文學系工作，任系主任，並於一九三九年春天，隨賀龍到過晉西北前線，時間有半年多。何其芳在延安的工作是出色的，受到學生歡迎，《夜歌》中的不少詩，就是這時寫的。在延安時期，黨兩次將何其芳派駐重慶，作了不少統戰工作。第一次是一九四四年四月至一九四五年一月，《夜歌》就是這時編成的。

〈夜歌·後記〉裏，作者告訴我們，這是他的第二個詩集。他的第一本詩集是《預言》，將當年收入《漢園集》中的詩作，加上詩文合集《刻意集》中的詩，合編而成，又補充了些詩，於一九四五年二月由文化生活出版社初版，列為《文季叢書》之十九。當他寫《夜歌》的那篇〈後記〉時，《預言》尚未出版，從詩作的創作時間說，《夜歌》是在後邊。

《夜歌》有三種版本，詩文學社版為第一個，而且是劣質的土紙印，字跡都不清楚，但它保留了時代的印痕。第二個版本是文化生活出版社一九五

〇年出版的，在第一個版本基礎上，增加了詩作八首，有〈解釋自己〉、〈革命——向舊世界進軍〉、〈給G·L·同志〉等，並增加了〈後記二〉，列為《水星叢書》之一種。第三個版本是人民文學出版社一九五二年五月初版本，書名改為《夜歌和白天的歌》，它是第二個版本的增刪本。前有〈重印題記〉，增加了〈重慶街頭所見〉、〈新中國的夢想〉、〈我們最偉大的節日〉三詩；而刪掉了〈解釋自己〉、〈夜歌（六）〉、〈給G·L·同志〉等十首詩及〈後記二〉。並且對詩作內容有所刪改。記得上世紀五〇年代初，我是先買了《夜歌和白天的歌》之後，從那〈重印題記〉中看到了這話：「我就第二版本子刪去了十篇詩，並對其他好幾篇作了局部的刪改。」這樣，我決計要找一本《夜歌》初版本，看看作者是如何刪改的。但是，即使在五〇年代的北京，也難尋這抗戰勝利前印於重慶的詩文學社本《夜歌》。後來，終於找到一本，但卻是沒了封底和版權頁的殘書；以其珍稀難得，至今還保留著。

（原載《藏書報》2007年1月29日）

朱自清著《倫敦雜記》

朱自清先生的《倫敦雜記》，是他一九三一年至一九三二年在歐洲訪學的第二本遊記。此書開明書店一九四三年四月在成都初版，列為《開明文學新刊》之一種。全書收〈三家書店〉、〈文人宅〉、〈博物館〉、〈加爾東尼市場〉等九篇，是他在英國生活七個月的記錄。書前有〈自序〉，全書正文僅八十一頁，為小三十二開本，薄薄一冊。我所得為「中華民國三十三年三月內二版」，黃色土紙本，江西贛縣開明書店發行。在五〇年代的北京，這也是難得的版本，記得當時熱衷收集朱自清先生作品的原刊本，所差幾種裏，《倫敦雜記》便是其一，後來總算在西單中國書店尋得，價僅0.15元。

一九二五年八月，朱自清任教於清華。按清華規定，教授任教若干年，可休假一年，並資助訪學。在一九三一年八月，朱自清赴歐洲訪學。一九三二年回國後，先寫了本《歐遊雜記》，專記遊歐洲大陸的蹤跡，

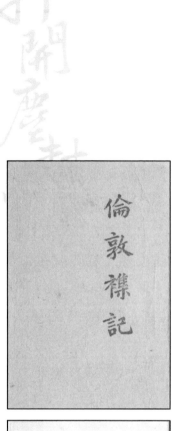

是為中學生寫的，陸續發表在《中學生》雜誌上，後由開明書店出版。在《倫敦雜記》的〈自序〉中，朱先生說：「在英國的見聞，原打算另寫一本，比《歐遊雜記》要多些。但只寫成九篇就打住了。現在開明書店惠允印行；因為這九篇都只寫倫敦生活，便題為《倫敦雜記》。」這薄薄一冊小書，卻生不逢時，被日本侵略者所干擾。〈自序〉告訴我們：九篇遊記，大多登在《中學生》雜誌上，「那時開明書店就答應我出版，並且已經在隨排隨等了。記得『七七』前不久開明的朋友還來信催我趕快完成此書，說免得彼此損失。但抗戰開始了，開明的印刷廠讓敵人的炮火毀了，那排好的雜記版也就跟著葬在灰裏了。直到前些日子，在舊書堆裏發現了這九篇稿子。這是抗戰那年在北平帶出來的，跟著我走了不少路，陪著我這幾年——有一篇已經殘缺了。……那殘缺的一篇並已由葉聖陶先生設法抄補，感謝之至！只可惜圖片印不出，恐怕更會顯出我文字的笨拙來，

這是很遺憾的。」這〈自序〉寫於一九四三年三月，當時朱先生在昆明。如此艱苦地出版於抗戰時期的土紙本，是很珍稀的。雖然兩年裏印了兩版，這種土紙本小書，在朱自清著作裏，是不易找到的。今日翻出，還彷彿記得六〇年代初，找《倫敦雜記》的往事。

朱自清的散文，是從抒情走向議論，從「五四」時期的白話文走向完全口語化。《歐遊雜記》和《倫敦雜記》，則是中間過渡的橋樑。正如葉聖陶先生說的：「他早期的散文如〈匆匆〉、〈荷塘月色〉、〈槳聲燈影裏的秦淮河〉都有點兒做作，太過於注重修辭，見得不怎麼自然。到了寫《歐遊雜記》、《倫敦雜記》的時候就不然了，全寫口語，從口語中提取有效的表現方式，雖然有時候還帶一點文言成分，但是念起來上口，有時代口語的韻味，叫人覺得那是現代人口裏的話，不是不尷不尬的『白話文』。」（〈朱佩弦先生〉）

如今《倫敦雜記》並不難找，八〇年代以來，三聯書店、湖南人民出版社都有單行本刊行，後來還收在《朱自清全集》、《朱自清選集》裏。但是，抗戰年代出版的土紙本《倫敦雜記》，怕傳世是不多的。

（原載《藏書報》2007年3月19日）

冰心譯《先知》

《先知》，敘利亞作家凱羅・紀伯倫著，冰心譯，三十六開本，黃色土紙印。這是一本薄薄的哲理性散文詩，正文九十三頁，前邊沒有序，後邊沒有跋，詩也沒有標題，僅用數字分為若干段，共二十八段。前邊有一九三〇年八月二十三日譯者寫的〈序〉，簡略介紹作者和翻譯經過。我這本版權頁上，印著開明書店「中華民國三十三年三月初版發行」、「中華民國三十四年十一月東南一版發行」；這東南一版是在福建崇安赤石的東南合作印刷廠印製，發行者卻是重慶的開明書店。

冰心在〈序〉中告訴我們：紀伯倫一八八三年生於利巴嫩山，十二歲到過美國，兩年後又回到東方，後來進了阿希馬大學。一九〇三年又到美國，多住在波士頓，後到巴黎學繪畫，並漫遊歐洲。一九一二年回紐約居住。先用阿拉伯文寫了些書，後又用英文寫作。《先知》為其中之一，很受讀

者歡迎，被譯為多種文字出版。關於翻譯經過，冰心先生在〈序〉中說：「這本書，《先知》，是我在一九二七年冬月在美國朋友處讀到的，那滿含東方氣息的超妙的哲理和流麗的文詞，與我以極深的印象！一九二八年春天，我曾請我的『習作』班同學，分段移譯，以後不知怎樣，那譯稿竟不曾收集起來。一九三〇年三月，病榻無聊，又把它重看了一遍，覺得這本書實在有翻譯的價值；如是我逐段翻譯了，從那年四月十八日起逐日在天津《益世報》文學副刊發表，不幸那副刊不久就停刊了，我的譯述也沒有繼續下去。今年夏日才一鼓作氣的把它譯完。」看來，這本深含哲理的散文詩，冰心先生是很喜歡的。

《先知》第一個版本，由上海新月書店一九三一年九月初版，前引那篇〈序〉就是為它寫的。此版似未再版過，較稀少，多年來我從沒見過。黃裳先生告訴我們，這是一本精裝的小書，用米黃色道林紙印，中間有銅板紙的插畫。黑布硬裝的小書上，無任

何裝飾，只在書脊上端有一塊小紙，上印：「冰心：先知」。黃先生還說，抗戰初期他在上海地攤上，買到過一本譯者簽名的《先知》，文字如此：「這本書送給文藻，感謝他一夏天的功夫，為我校讀，給我許多的糾正。──這些糾正中的錯誤，都成了我們中間最甜柔的戲笑──我所最要紀念的，還是在拭汗揮扇之中，我們隔著圓桌的有趣的工作。十一，十七夜，一九三一年冰心」。（參閱黃裳：《榆下說書·〈先知〉》）這段題字，記錄了翻譯《先知》的甘苦，也寫出了冰心夫妻間的深情。八○年代初，黃裳先生將這本收藏多年的、他稱為自己藏書中的「白眉」的《先知》，還給了書的主人冰心先生。收到書後，書的兩位主人，其高興可想而知也！

　　新月版《先知》的珍稀，還有一個例子。抗戰期間，冰心先生從北新書局收回了所有著作的版權，交開明書店出版，由巴金先生替她編為《冰心著作集》。在巴金寫的〈冰心著作集後記〉中，這樣說：「抗戰後新寫的《默廬試筆》，及譯作《先知》一冊，因原稿散失，一時無法找到，只好從闕，俟找到後再行補入。」連譯者都找不到了，足見其稀少。後來是找到了，卻沒補入《冰心著作集》，而是開明書店一九四四年三月在桂林出了初版本，一九四五年十一月在福建印了東南一版，在重慶發行。我這冊土紙本《先知》，得於六○年代初，也屬不易了。

（原載《藏書報》2007年5月21日）

艾青著《詩論》

現代文學史上著名的詩人艾青，同時也是一位有影響力的詩論家。他的《詩論》曾多次重印，受到廣大讀者歡迎。以下對它的版本略作介紹。

《詩論》初版於四〇年代初，我有幸藏有這個版本，算是這本書的珍本了。《詩論》，艾青著，小三十二開本，土紙印，全書一二一頁。內收〈詩論〉、〈詩的散文美〉、〈詩與宣傳〉、〈詩與時代〉、〈詩人論〉五篇，前無序言之類，僅有題辭：「謹將此書獻給──為這時代思考、苦惱、以及受難的人們。」後有〈後記〉一頁，末署：「艾青一九四〇年十一月六日於重慶」。應當是艾青先生編完初版本《詩論》的時間。在我藏本版權頁上是：「發行者三戶圖書社（桂林中北路）」、「經售者峨嵋出版社（重慶冉家巷）」。「中華民國三十一年四月再版」，知我藏為再版本，查書目可知，初版時間為：「中華民國三十年九

月。」這兩本均為土紙本，內收文章均為五篇。這是艾青《詩論》的核心，也是後來各種版本《詩論》的基礎。如今原刊《詩論》傳世已不多了。

　　初版《詩論》的五篇文章，最有名的該是〈詩論〉和〈詩人論〉。作者用劄記的形式，以詩的語言來論寫詩和詩人，表現了艾青先生一個偉大詩人的見解和情懷。〈詩論〉和〈詩人論〉兩篇，應寫於一九三八年夏至一九三九年冬，陸續寫出，融入了詩人創作的感受，到一九三九年冬最後完成。〈詩論〉一篇的部分文字，曾以〈詩論掇拾〉為題，刊載在《七月》第三集第五期（1938年7月出版）和第四集第二期（1939年8月出版）上。而〈詩人論〉則曾在一九三九年九月十四日《救亡日報·詩文學》上節錄發表。其他三篇，應當是一九三八年寫於桂林。一九八三年十二月，艾青先生對某日本學者談過《詩論》的寫作，他說：「那時，我已寫了六、七年詩了，有必要總結一下我的創作，解釋一下我對詩的看法及觀

念。在《詩論》中，我把詩人的地位提得很高。」

　　初版本《詩論》，是艾青詩歌理論的代表作，四〇年代印過兩版後，抗戰勝利後，上海新新出版社又用三戶圖書社紙型印過一版，一般書目上著錄，稱為「一九四七年七月三版」，為三十六開本，全書也是一二一頁。據楊匡漢先生說：在新新出版社之後，還有「上海雜誌出版社一九四七年版，上海書報聯合發行所一九四九年版」。（《中國現代作家評傳‧艾青》，山東教育出版社1986年12月第一版，第三卷第317頁）因為我沒見過這兩個版本，也沒見過其他書目上著錄，所以確否，不敢肯定。

　　一九四九年以後，《詩論》還出版過好幾次，只是內容上有改動或增刪。我知道有以下幾個：

1. 《新詩論》，北京天下出版社一九五二年一月初版，大三十二開本，一四一頁。在過去《詩論》基礎上，增加為論文十一篇，且內容有若干修改。

2. 《詩論》，上海新文藝出版社一九五三年十月初版，三十二開本，二四五頁。在過去《詩論》、《新詩論》基礎上，又擴大了篇幅，且內容有若干修改。

3. 《詩論》，人民文學出版社一九五六年七月初版。二十五開本，二〇四頁。收一九五五年以前論詩文章十五篇。比一九五三年新文藝出版增加了〈詩與感情〉、〈詩的形式問題〉、〈和平書簡〉、〈戰士與詩人〉等，刪去了〈詩的散文美〉一篇。

4. 《詩論》，人民文學出版社一九八〇年八月第一版。大三十二開本，二三五頁。共收論詩論文二十篇，這是在該出版社一九五六

年版本基礎上，重編的，增補了作者復出後新寫的談詩文章六篇。此《詩論》出版後，受到廣大讀者歡迎。

5. 《艾青全集》第三卷《詩論》。《艾青全集》全五卷，花山文藝出版社一九九一年七月第一版。其中第三卷，為《詩論》，收入作者三〇年代至九〇年代論詩文章九十多篇，大三十二開本，精裝一冊，共六八〇頁。收輯較全，是艾青先生詩論文字的總結。

艾青一九三三年走上詩壇，〈大堰河——我的保姆〉為其代表作，第一本詩集《大堰河》奠定了艾青在中國新詩壇的地位。而依據六、七年創作體驗寫成的《詩論》，是艾青詩歌理論的代表作，也就使他成為有影響的詩論家。

艾青的《詩論》有多種版本，但奠定他詩學理論基礎的是〈詩論〉和〈詩人論〉兩篇。在各種版本之《詩論》中，都收入了〈詩論〉和〈詩人論〉，但由於政治及其他原因，一九四九年以後的文本，往往有改動的地方。因此，我以為最可珍貴的《詩論》版本，該是四〇年代初期初版的《詩論》及其再版本。研究詩人的詩學理論，瞭解艾青三〇年代的創作感受，必須依據三戶圖書社發行的《詩論》，讓我們珍惜這土紙本印行的《詩論》吧！

呂熒著《人的花朵》

《人的花朵》，呂熒著，重慶大星印刷出版公司一九四五年二月渝初版，為胡風主編的《七月文叢》之四。小三十二開本，全書正文二〇九頁，目錄前有短序三頁。這是一部作家論集，在抗戰年代，全用很劣的土紙印，亦很不容易了。全書共五題，依次是：〈人的花朵〉、（內含〈詩人——人的花朵〉、〈艾青論〉、〈田間論〉、〈總結〉）、〈魯迅的藝術方法〉、〈曹禺的道路〉、〈論《戰爭與和平》的藝術・歷史・哲學〉、〈普列哈諾夫的「普式庚為藝術而藝術論」辯正〉。這部理論著作，顯示了作者中外文的功底，顯示了文學理論的水平。

呂熒是安徽天長人，生於一九一五年，因胡風案受牽連，在一九六九年三月五日，凍餓中含冤去世。直到一九七九年才得到平反。呂熒是位著名的文藝理論家，又是位著名的翻譯家。他翻譯了普希金的《歐根・奧涅金》，解放後在山東大學教文藝理論。在

文藝界最使人不忘的事，是在一九五五年五月，當批判胡風開始時，他的敢於講公道話。一次全國文聯、作協召開七百人大會，聲討反革命分子胡風。呂熒走上講臺，說「胡風是思想認識問題，不是政治問題，他不是反革命」。話沒講完，就被人趕下了台。這自然被打成了胡風分子。

《人的花朵》的〈序〉裏，開頭一段是：「任何一個作家，他的產生和成長，都不是偶然的，或是不可理解的，他有他現實的根，他有他生命的路。」呂熒就是按此研究了魯迅、曹禺、艾青、田間等人的創作道路或創作方法，在四〇年代的研究界，還是很有見地的。例如對曹禺的研究，分析了他從《雷雨》到《家》的六部話劇，梳理了他的創作道路。其中對《雷雨》的論述最見功力，說作者「寫《雷雨》是一種情感的迫切的需要」。又說：「在這一意義上產生出來的《雷雨》，悲劇，十分明顯的，在題旨上，它是以神秘化了的命運為『悲』的本質的希臘悲劇的概

念，與亞里斯多德的『悲劇要使人憐憫和恐懼』的學理，二者相成的產物。」通俗說，《雷雨》的核心是宿命論，這怕是該劇中心主題了。

　　一九四五年二月土紙版本《人的花朵》，恐傳世不多，較為珍稀。在《胡風回憶錄》中，說是抗戰勝利後他陪呂熒「去見新新出版社的賀老談，談妥了出《人的花朵》」，不知後來確出了沒有。但近日有消息說，安徽一家出版社要出呂熒的文集，果如此，《人的花朵》當在其中吧！

歐陽凡海著《魯迅的書》

《魯迅的書》，歐陽凡海著，桂林文獻出版社一九四二年五月初版。土紙印，小三十二開本，全書三六五頁。這是一本評論魯迅思想和作品的書，〈自序〉以下，共有四章。即：第一章〈對人類往往有著最大決定性的童年境況〉、第二章〈走上市民意識的舞臺〉、第三章〈流入冷藏器的熱情的變化〉、第四章〈奴隸意識奠定了以真理武裝思想的可能〉。作者從魯迅誕生的一八八一年寫起，一直寫到一九二七年魯迅思想和創作的前期為止。截取這一段評論魯迅，自有其撰寫的考慮，大約後邊難於著筆。

歐陽凡海，浙江遂安人，一九一二年生，一九七〇年去世。三〇年代留學日本，曾參加組織東京「左聯」的活動，並任書記。回國後在上海，長期在周揚領導的「左聯」工作。撰寫《魯迅的書》，得到了茅盾和許廣平兩位先生的支持和幫助，許廣平不僅提供了不少珍貴史料，還曾接受歐陽凡海

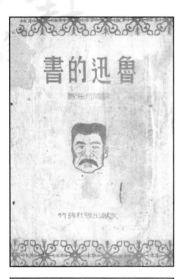

多次訪問，為他講述了不少魯迅先生的往事，使《魯迅的書》在四〇年代成為人們瞭解和學習魯迅先生的一本難得的教材。

《魯迅的書》是從史料和魯迅作品入手，來闡釋魯迅思想的，雖然書中有時代的烙印，有那個年代資料的不足。但總地來說，作者是下了功夫，也取得了一定成績。只講到一九二七年，或許是史料不足，也可能是受了時代的影響。但不論怎樣，在四〇年代如此分析、探討魯迅先生的思想及作品，還是有價值的。

《魯迅的書》一九四二年初版後，抗戰勝利後還出過一次，版權頁上是：聯營出版社一九四七年十一月港初版。雖然該版權頁上註明此書店「出版兼發行」，但印著的總經銷則是：廣州華美圖書公司和廣州國華書局。我認為此書主要是向國內發行的，記得五〇年代我讀大學中文系時，老師在課堂講魯迅一節，向我們推薦的《魯迅的書》，就是此聯營出版社版。據我考察，這聯營

初版本，就是用桂林文獻初版本的紙型印的，兩書開本相同，全書均三六五頁就是證明。所不同的僅僅是換了封面和出版處而已。聽說在有的書目上，著錄文獻出版社版《魯迅的書》，標明全書三一五頁，比起聯營版來少五十頁，這就使沒見過原書的研究者，認為這是不同的兩個版本了。我有土紙本《魯迅的書》，它確實是三六五頁，頁數與聯營版同。我想那書目，不是印錯了，就是編者抄錯了吧？

　　《魯迅的書》解放後沒有重印過，如今要找它的原刊本怕不容易了；特別是文獻出版社的土紙本《魯迅的書》，怕存世很少了。記得六〇年代初，為找此土紙初版本原書，還真費了不少功夫呢！但讀者要讀《魯迅的書》，卻不困難，八〇年代中國文聯出版公司出版了大型的《魯迅研究學術論著資料彙編》，《魯迅的書》就收在該書第三卷（1987年3月北京第1版）中。據陳夢熊先生說，五〇年代初，歐陽凡海先生修改了他的《魯迅的書》，修改稿交給了上海新文藝出版社。可惜沒有出版，怕修改稿如今也難以找到了。

陳白塵著《習劇隨筆》

《習劇隨筆》，陳白塵著，當今出版社（重慶林森路蹇家巷三號）一九四四年四月初版發行，建國書店（重慶林森路特二十四號）總經銷。為徐昌霖編輯的《當今戲劇叢書》之一種。小三十二開本，極劣草紙印。全書僅七十頁，前有〈前記〉一頁。散文隨筆集，收文八篇，分成三組：〈歷史與現實〉、〈人物是怎樣來到你筆下的〉、〈給巴人〉、〈《結婚進行曲》外序〉、〈「暴露」和「悲觀」〉、〈需要與接受〉、〈我的歡喜〉和〈論大後方戲劇運動的危機〉。此書印數不可考，封底上印有：「重慶市圖書雜誌審查處審查證忠圖字一六一號」。

陳白塵先生為江蘇淮陰人，一九〇八年生。三〇年代在上海，以小說走上文壇，有短篇集《曼陀羅集》、《茶葉棒子》等。後主要從事戲劇創作，抗戰前夕的《石達開的末路》，抗戰後的《蘆溝橋之戰》、《亂世男女》、《大地黃金》、《大地回春》等，

都很有名。一九四二年寫了《結婚進行曲》和《大渡河》，一九四四年寫了《歲寒圖》，一九四五年寫了《升官圖》，該是陳先生的代表作。《習劇隨筆》中的幾篇文章，均與他的劇作有關，正如他在〈前記〉中所說：「這裏一共收了八篇文章，除論後方劇運危機一文，⋯⋯其餘皆是我抗戰後學習寫劇期中隨時寫下的一些短文，而大半又都是那些習作的序文之類，本沒有輯印的必要。但終於輯印者，倒是其中有幾篇文章根本不能印在應該印的書本上，如是而已。」〈前記〉寫於一九四四年三月二十九日，那麼這些當時不能印在那些劇作中的序文之類，能在《習劇隨筆》這本不足百頁的土紙本小書中保存，足見其珍貴和史料價值了。

　　八篇文章中，〈歷史與現實〉是史劇《石達開》的「代序」，裏面講了陳先生對歷史劇的看法，也講了《石達開》的創作過程。〈給巴人〉則是《大地回春》的「代序」，這是篇飽含深情的「代序」，用書信體撰寫，懷念老

朋友巴人，也講了自己的創作體會。〈《結婚進行曲》外序〉，「外序」，別具一格，是《結婚進行曲》上演之際，對一些批評和責難的回答，表明了作者的態度。〈「暴露」和「悲觀」〉，是《秋收》序，不光講自己的劇作，也回答別人的責難。〈需要與接受〉，則是有關《秋收》改題為《大地黃金》在重慶上演的文章。〈我的歡喜〉是劇作《亂世男女》的序言，全文最後一句是：「為了愛，為了友情，為了自己，我應該說出我這盛大的歡喜！」也許，這就是劇作的主題，也是這篇序言要說的話。陳白塵先生這「代序」、「外序」，不能印在劇本裏，能夠保存在這薄薄的《習劇隨筆》中，也是極為可貴的。

我查過幾個陳先生的作品目錄，發現劇作集很多，小說集也不少，而理論書卻很少，《習劇隨筆》一類的書，僅有兩本。因此我們知道，這本出版於艱苦的抗戰期間的土紙本《習劇隨筆》，是很珍貴的，好像初版後也沒有重印過。

葉紹鈞著《未厭居習作》

《未厭居習作》，葉紹鈞著，散文集，小三十二開草黃色土紙本，全書二二五頁，前有〈自序〉二頁。開明書店一九四四年三月內一版發行，為《開明文學新刊》之一種，此為桂林印本。《未厭居習作》，上海開明書店一九三五年十二月初版，後來印過好幾次，我有一本較晚的是一九四一年一月四版，也是上海開明書店發行的。那版本全書二一一頁，則知此土紙本是重排的。記得當年買它，就是為存葉聖陶先生此土紙本。

葉聖陶先生是文學研究會著名的小說家，長篇《倪煥之》之外，還有多部短篇小說集出版。葉先生認為散文只是他創作的一種素描，在《未厭居習作·自序》中說：「我常常想，有志繪畫的人無論愛好甚麼派頭，或者預備開創甚麼派頭，他總得從木炭習作入手。有志文藝的人也一樣，自由自在寫他的經驗和意想就是他的木炭習作。」最後說：「我是存著這種想頭寫這些散文的，

所以給這一本集子取了個『習作』的名字。」葉先生雖然這麼說，實則他的散文是寫得很好的，也很有特色。

《未厭居習作》是葉聖陶先生第三個散文集，但又是他的一個選本，是前期散文的代表作。在該書〈自序〉中這樣交代：「我的散文曾經在十年前和俞平伯先生的散文合在一起，取名《劍鞘》，由樸社出版。以後寫的，經過一番選剔，取名《腳步集》，由新中國書局出版。……最後兩三年來，又寫了一些散文。朋友勸說，不妨再來一本。我就把這些新作也選剔一番，再把《劍鞘》和《腳步集》裏比較可觀的幾篇加進去，又補入當時搜尋不到的幾篇，成為這一本集子。」《未厭居習作》確為葉聖陶先生早期散文的精華，所以我在有了上海開明書店印的第四版後，才又買了那冊抗戰艱苦歲月中印的內一版。

《未厭居習作》在〈自序〉之外，收散文三十六篇，其中有不少名篇，是我們常常提到的。例如，常被大、中學課本選為教材的，有〈沒有秋蟲的地

方〉、〈藕與蓴菜〉、〈看月〉、〈牽牛花〉等。又如一些名篇：〈雙雙的腳步〉、〈做了父親〉、〈中年人〉、〈予佩弦〉、〈兩法師〉等。《未厭居習作》在散文集中，是很有名的，不算這土紙本的桂林內一版，上海開明那版本，一九四七年十月還出過第六版。

在葉聖陶晚年，葉至善、葉至誠兄弟二人，曾幫助他們的父親整理、編選過散文。一九四九年之前的，編為《葉聖陶散文（甲集）》，一九四九年之後的，編為《葉聖陶散文（乙集）》。《葉聖陶散文（甲集）》，四川人民出版社一九八三年三月第一版。這是一部大型的葉聖陶散文選集，《未厭居習作》中不少篇，均收在了《葉聖陶散文（甲集）》裏。但出版前，各篇均經葉聖陶先生潤色過。據葉至善說，他父親重看時，「不免作些改動，不是改動原來的意思，是讀了早期寫得白話文感到有些疙瘩，不順當，不舒服。漸漸地，這樣自己看，自己改，……」（〈編父親的散文集〉）如此一改，歷史感沒有了，文獻價值大大喪失。正因此，老版的《未厭居習作》更為可貴，它有文獻價值。土紙本《未厭居習作》，帶著抗日戰爭的歷史感，豈不更值得珍藏嗎！

我收藏了半套「北方文叢」

共和國建立前後，有大型叢書《中國人民文藝叢書》出版，收入解放區文藝作品多種。五十多年過去了，如今要蒐集怕也不易了。在它之前，曾有一套主要收解放區作品的叢書《北方文叢》也很著名。在半個世紀前，我無意間陸續買了不少，今天數數，大約有半套，說來也相當珍貴了。

抗戰勝利以後，周而復被黨派往香港，任香港中共文化工作委員會委員，後任副書記，做文化界的統戰工作。周而復說：「中國出版社除出《正報》和社會科學書籍以外，還請我擔任海洋書屋總編輯。我編輯出版了《北方文叢》和《萬人叢書》。前者完全介紹解放區的文藝作品，有小說、詩歌、戲劇、散文、文藝評論等，每輯十本，共出了三輯。」（〈馮乃超同志二三事〉，《周而復散文集》，華夏出版社1999年1月第一版第二卷第29頁）

按照周而復先生所說，「北方文叢」三輯應當是三十本，我藏有十六本（其中有一本有兩個版本），那麼正好是半套。其實，零散的「北方文叢」在上個世紀五〇年代，北京舊書店較為常見，可惜當年沒有刻意收

集，因此只有半套，如今悔之晚矣！以下介紹我的藏品，以公同好。

第一輯我有三種：

1.《八月的鄉村》，蕭軍著，上海作家書屋刊行，一九四六年十二月新一版。（我還有一本是作家書屋一九四七年八月二版）此為《北方文叢》第一輯的第一本，全書正文二七四頁。《八月的鄉村》為長篇小説，是蕭軍的成名作。作品描寫了一支抗日游擊隊的艱苦鬥爭，塑造了眾多抗日戰士的形象。此書原由上海奴隸社一九三五年八月出版，列為《奴隸叢書》之二。奴隸社版前後印過十版，還有別的翻印本。「北方文叢」版稱新一版，是相對奴隸社版而言。原來作者署名田軍，從此版才改署名蕭軍。書前有〈前記——為抗戰後《八月的鄉村》出版而寫〉，該是專門為「北方文叢」版而作。

2.《子弟兵》，周而復著，香港新中國書局刊行，香港三聯書店總經售，一九四九年五月初版，全書一九〇頁。

內收五幕話劇《子弟兵》和獨幕七場劇《牛永貴受傷》，均為作者一九四四年寫於延安的作品。劇作在解放區早已發表和演出過，這次集印於《北方文叢》，目的是向國統區和新解放區介紹。

3.《表現新的群眾的時代》，周揚著，香港海洋書屋刊行，一九四八年二月初版，全書一三五頁。內收論文七篇：〈王實味的文藝觀與我們的文藝觀〉、〈藝術教育的改造問題〉、〈表現新的群眾的時代〉、〈馬克思主義與文藝〉、〈《把眼光放遠一點》序言〉、〈關於政策與藝術〉、〈論趙樹理的創作〉。開頭有〈前言〉，寫於一九四六年七月三日。這本論文集有太岳新華書店一九四六年十一月初版本，那麼《北方文叢》該是解放區本的重印者。

按周而復先生回憶，第一輯還應當有七本，《北方文叢》每種版權頁上，大都有該輯的全目，同時書後空白處，也多載有各輯全目。但這些全目所列，

品種常有不同，因之，不見實物，叫我們不易把握準確整輯的目錄。據《表現新的群眾的時代》版權頁上第一輯全目，我沒有的七種是：《滹沱河流域》（馬加）、《李勇大擺地雷陣》（邵子南）、《犧牲者》（柳青）、《邊區人物風光》（丁玲）、《吳玉章革命的故事》（何其芳）、《吳滿有》（艾青）、《糧食》（荒煤等）。但是，比它晚出版的《子弟兵》，在版權頁上的第一輯全目，卻很不同。丁玲作品是《我在霞村的時候》、柳青作品是《地雷》。沒有了艾青的《吳滿有》，代之的是劉白羽的《血緣》。最不可理解的是沒有了《八月的鄉村》，而放在第一種的是《呂梁英雄傳》（馬烽、西戎）。可我確實有《八月的鄉村》，還有兩本，二版的一本在一九四七年八月，難道到一九四九年五月《子弟兵》初版時，迫於形勢，《八月的鄉村》被換掉了嗎？參閱二輯、三輯一些書後的第一輯全目，十種書還有別的變化，沒有實物，我們難以判定孰是孰非呢。

第二輯我有七種：

1.《洋鐵桶的故事》，柯藍著，香港海洋書屋一九四八年就刊行了，我藏的卻是一九四九年八月滬初版的本子，沒有發行處，只印「生活・讀書・新知聯合發行所總經售」。這部反映八路軍抗日故事的中篇小說，在解放區很有名，曾在《邊區群眾報》上連載，一九四五年六月寫完，在解放區的新華書店於一九四五年就出版了，且多處翻印。海洋書屋將該作品收入《北方文叢》，意在向國統區讀者介紹。

2.《茅山下》，東平著，海洋書屋一九四七年四月初版，香港中國出版社總經售。作者邱東平在抗日戰爭中不幸犧牲了，之後，周而復將邱氏較長的作品《茅山下》和其他遺稿〈把三八式槍奪過來〉、〈王淩崗的小戰鬥〉、〈逃出了頑固分子的毒手〉、〈友軍的營長〉、〈兩個靖江青年〉、〈溧武路上的故事〉編在一起，題名《茅山下》，收入《北方文叢》，紀念這位烈士。年輕時投身革命的東平，曾流浪於香港，

《茅山下》在香港出版，更有特殊意義。

3.《高原短曲》，周而復著，一九四七年六月初版，海洋書屋刊行。全書一七六頁，收短篇七篇：〈開荒篇〉、〈播種篇〉、〈秋收篇〉、〈警犬班長〉、〈麥收的季節〉、〈微笑〉、〈禮物〉。後有〈後記〉，說明編輯原委。這些作品大部分寫於延安，只有〈禮物〉寫於抗戰前，帶有附錄的性質。

4.《荷花淀》，孫犁著，香港海洋書屋一九四七年四月初版。用此紙型，一九四九年八月上海印過一版，署三聯書店總經售。我所藏即為此版，且版權頁已失。全書七十四頁，收入〈荷花淀〉、〈遊擊區生活一星期〉、〈村落戰〉、〈白洋淀邊一次小鬥爭〉、〈山裏的春天〉、〈麥收〉等短篇，作者如此結集後在香港出版，並流傳於國統區內。

5.《王貴與李香香》（三邊民間歷史革命故事），李季著，海洋書屋

一九四七年三月初版刊行，中國出版社
總經售。我所藏為一九四七年四月再版
本。內除這首長詩外，前有郭沫若作
〈序一〉和陸定一〈序二〉，後有周而
復作〈後記〉。長詩在一九四四年創
作，刊於延安《解放日報》。一九四六
年有太岳、華北、冀南等地新華書店刊
本，香港海洋書屋初版後，又有多處新
華書店出版，此詩當年流傳甚廣。

　　6.《三打祝家莊》，任桂林等著，
香港海洋書屋一九四七年十一月初版。
這部根據《水滸傳》改編的京劇，完成
於一九四五年十月。此書扉頁上署名是
「平劇研究院集體創作，任桂林，魏晨
旭、李綸執筆」。在此本前後，解放區
還有其他版本出版，一九四九年五月收
入了《中國人民文藝叢書》。

　　7.《釋新民主主義的文學》，艾青
著。我所藏為香港海洋書屋一九四九年
六月刊行之再版本，初版年月不詳。全
書七十頁，收論文六篇：〈釋新民主主
義的文學〉、〈對於目前文藝上幾個問
題的意見〉、〈論秧歌劇的形式〉、

〈汪庭有和他的歌〉、〈窗花剪紙〉、〈《古元木刻選》序〉。

以上七種之外，據《三打祝家莊》等版權頁上的第二輯全目，還有三種是：《李有才板話》（趙樹理）、《劉巧團圓》（韓起祥）和《潞安風物》（吳伯簫）。但在第三輯某些書後的第二輯全目中，沒有《潞安風物》，有一本是《一罎血》（吳伯簫），另一本則是《新的旅程》（魯藜）。但據我考據，當以《潞安風物》為準確。此書由香港海洋書屋一九四七年十月初版，收吳伯簫報導性作品十二篇，為《北方文叢》第二輯之一種。

第三輯我有五種：

1.《種穀記》，柳青著，香港新中國書局一九四九年六月港版出版，香港三聯書店總經售。該長篇小說為柳青的代表作之一，小說最後署的完稿時間是「一九四七年五月二十二日」，該書由大連光華書店一九四七年七月初版。後收入《中國人民文藝叢書》，由新華書

店一九四九年五月初版。列入「北方文叢」第三輯後，由香港海洋書屋刊行，此版不標初版，而印著「中華民國三十八年六月港版」，是很妥當的。因為在它出版的時候，不僅真正的初版本早已出版，而且同時在解放了的地區，還有《中國人民文藝叢書》本發行。

2.《紅旗呼拉拉飄》，柯藍著，九龍南洋書店一九四七年十二月初版刊行，香港海洋書屋總經售。這部寫於延安的中篇，是反映當時大生產運動的，全書九十三頁。前有柯仲平的〈序〉，一九四六年八月十七日寫於延安文協。此書還有一九四九年再版本，我所藏為初版本。

3.《我的兩家房東》，康濯著，香港海洋書屋一九四七年十一月初版刊行。全書共八十一頁，收作者短篇三篇：〈我的兩家房東〉、〈初春〉、〈災難的明天〉。第一篇為康濯的代表作，曾收入周揚編的《解放區短篇創作選》第一輯中，成為解放區短篇小說的代表者。

　　4.《同志，你走錯了路！》，姚仲明、陳波兒等集體創作，香港新中國書局一九四九年五月初版刊行，香港三聯書店總經銷。這部集體創作的四幕話劇曾在延安演出過並獲得成功。本書前有周揚的〈序言〉，後有附錄：〈《同志，你走錯了路！》的創作介紹〉（姚仲明）、〈導演〉（陳波兒）。劇本和附錄共一六八頁。此劇在一九四五年曾由延安解放社出版，其他解放區的新華書店翻印過，新中國書局刊行本已不是真正的初版了。

　　5.《白毛女》，賀敬之、丁一、王斌編劇，馬可、張魯、瞿維作曲，香港海洋書屋一九四八年五月再版，印數1-1000冊。前有郭沫若的〈序〉、李楠的〈白毛女——介紹一部解放區的歌劇〉，後有帶簡譜的〈插曲〉九十三曲。新歌劇《白毛女》是一九四五年延安魯藝工作團集體創作的，最後由賀敬之、丁毅執筆，馬可、張魯、瞿維作曲完成，並於一九五一年獲得了史達林文藝獎，一九五二年人民文學出版社出版

最後定本，成為新歌劇的經典之作。但在中間流行過程中，曾有多個不同版本出現，分幕上就有六幕歌劇和五幕歌劇兩種，在情節上、人物性格上也有細微區別。「北方文叢」本的《白毛女》是六幕歌劇，作者署名也與後來不同，沒有後來的「魯藝工作團集體創作」字樣，直署：「編劇：賀敬之、丁一、王斌」，丁一後來署名為丁毅，而王斌正是延安演出時的導演。此本中郭沫若的〈序〉則為他本所無，是郭沫若先生專門為「北方文叢」本寫的，曾刊於上海《文萃》週刊二年第21期（1947年2月27日出版）上。上海黃河出版社一九四七年二月出過一本《白毛女》，周而復編《北方文叢》收入《白毛女》時，就是用黃河出版社的紙型印的，所以香港海洋書屋一九四八年五月刊行時稱為再版，初版該指黃河版，這再版標印數時是：「1-1000」，就是證明。有人説「北方文叢」本《白毛女》的版本就是延安初稿本，確否待進一步考核，但目前難以做到。

「北方文叢」第三輯，我藏有以上五種，該是全輯的一半。已有五種的版權頁上，都有第三輯全目，但所列品種不同。先出的三種書，缺的五種是：《李家莊的變遷》（趙樹理）、《翻身的年月》（周而復）、《四十八天》（陳祖武）、《人民英雄劉志丹》（孔厥）、《逼上梁山》（集體創作）；而且，柳青的是短篇集《犧牲者》。後出的兩種書的版權頁上，則有兩點不同：第一，前三本書相同，後兩本書不是《人民英雄劉志丹》和《逼上梁山》，而是《生產互助》（繆文渭）和《論文藝工農兵的方向》（雪葦）；第二，柳青的作品換成了長篇《種穀記》。從我確實藏有《種穀記》看，也許後出的書上「北方文叢」第三輯全目是準確的吧？請藏有這五種書的朋友教我，我期待著。

以上介紹了我收藏的半套「北方文叢」及未收藏的半套的可能書目。周而復先生編的三輯三十本「北方文叢」，向香港和廣大國民黨統治區的讀者介紹了解放區的文藝作品，表明了延安文藝座談會以後解放區文藝的成績。黨利用香港這個特殊地域出版解放區作品，使文藝為政治服務，文藝為戰爭服務，對於解放戰爭的勝利有積極作用。

《北方文叢》為三十六開本，報紙印，叢書有統一的封面、封底和環襯，均用陝北剪紙，圖案固定，每書只變化顏色。封面裝幀設計都有地方特色，這裏的「北方」，實為革命聖地延安。這套叢書只出了三輯，到一九四九年隨著解放戰爭的勝利，祖國大片河山的解放，就停止了編輯出版。而在京津出版的大型叢書《中國人民文藝叢書》，已陸續由新華書店出版，向廣大剛剛解放的地區介紹解放區文藝的任務，則由該叢書取代了。並且《北方文叢》中絕大部分作品，

均先後收入了《中國人民文藝叢書》之中。

　　但是，一九四六至一九四九年出版的《北方文叢》，在出版史上曾發揮過作用，在一定時間和一定地域，《北方文叢》是不可取代的。我們如今講紅色收藏，我認為《北方文叢》該是紅色收藏的重要內容，但現在少有人提到它，故特作如上介紹。

　　　　　　（原載《藏書報》2006年2月27日、3月6日、3月13日）

後記

我不是藏書家，而是一個長期教書的教員。1959年7月畢業於北京師範大學中文系；畢業後留母校任教，直到1997年10月按學校規定退休。因手頭工作沒結束，系裏又返聘了我五年。

1949年至1959年，是我讀中學和大學的十年，我愛上了新文學的舊版本。在北京城裏，從琉璃廠到隆福寺，從東安市場到西單商場，從東單小市到德勝門曉市，在那些舊書店裏和舊書攤旁，都留下了我的足迹。新文學的毛邊書，抗戰後方出版的土紙本，抗戰勝利後重印的老版書，都深深地吸引著我。可惜，我只是一個窮學生，這些舊書買的有限，許多珍稀的版本都從我手邊溜走了。自然也存了些新善本，深深埋在書箱的底層。

在北京師範大學中文系，我工作了四十多年。前一半時間教寫作課，是門基礎課，業餘研究新文學版本；後一半時間教中國現

代文學，還培養了不少碩士和博士學生，版本研究與專業結合了。在多年的教學和研究中，我有一點認識：研究中國現代文學，要從原始資料入手，要依文學作品的最初刊本來立論。新文學興起後那些作家的作品，已經發表和出版，就成一種社會存在，就成文獻史料。雖然因某種原因，修改過；某些名著，甚至改過不止一次。但作新文學研究，不論是作家論，還是文學史，都必須以原始版本材料，作依據。多年來，我在北京師範大學中文系開設新文學史料學課，就是以新文學作研究對象的。此課我帶的碩士、博士研究生都聽過，別位的碩士、博士研究生也有不少聽過。頗受歡迎，還得到不少同行的肯定和稱讚。

我講「新文學史料學」的講義，已於1986年公開出版，書名《新文學資料引論》。因國內缺少同類的著作，所以二十多年過去了，如今還有同行時常提到它。1986年之後，我就用它作講史料課的教材了。配合此書和講課，我撰寫了研究新文學史料學的文章多篇，1990年曾選出其中一部分，出版了《新文學考據舉隅》。近十五、六年，結合我的教學工作和新文學版本研究，又撰寫了長短文章多篇，以短文為主，陸續發表在大陸出版的報刊上。粗粗算來約七十萬字，其中一部分編為《新文學資料叢話》，由河北教育出版社去年年底出版；其中另一部分，約三十萬字，編入了《朱金順自選集》，由山東文藝出版社今年1月出版。這樣，還有一些發表過的文字，留在手邊，沒編成集子出版。

我是一個很閉塞、很固執的人，而且又很自信。在同行中，不參加各種學術會議是有名的。我沒有在臺灣和香港發表過文章，更不

用説是出書了。今年春節過後，北京師大文學院兩位青年朋友，向臺灣那邊的蔡登山先生推薦了我，要我出一本帶插圖的新文學書話集。開始我説不必了，剛出了兩本書，新寫的多在其中，還出版什麼？他們鼓動我，説是我那些史料的東西，沒在臺灣出版過；説我沒出過繁體字本的書；説這次可以插入彩色的書影；如此等等。我被説動了，就編了這本《打開塵封的書箱》。全書收雜談新文學版本的短文不足五十篇，按內容釐四輯。這樣編，沒有多少道理，就是為了方便罷。這些短文，有些收入了《新文學資料叢話》，有些收入了《朱金順自選集》，還有一些則發表後沒有收集過，甚至有少數兩篇寫出後還沒來得及發表，是據手稿排印的。為了增加朋友們閱讀這小書的興趣和直觀性，又一次「打開塵封的書箱」，拿出那些上個世紀20至40年代的新文學版本，掃描了一百多張書影作插圖。這些老書，如今在大陸也不易見到了，有些可以歸入新善本。

這本小書能夠在臺灣出版，我要感謝三位朋友。海峽那邊的蔡登山先生，他不僅願意出版這冊雜談新文學版本的小書，還不止一次地用電話催促我，叫我快編書、快交稿。海峽這邊則是友人劉洪濤和黃開發君，幫我做了許多瑣細的工作，沒有他們的聯繫和催促，這書是難以出版的。特別是黃開發君，幫我做了許多瑣細的工作，從打字到寄稿，從文字到插圖，從出主意到簽約，從發傳真到商量細節。總之，沒有開發事無巨細的張羅，這《新文學版本雜話》不可能在海峽那邊出版。

以上，介紹了作者的情況和編書經過。我研究新文學版本和史料多年，發現了一條規律，就是不管哪位作者撰寫的有關版本、史料的

文章，都不能保證沒有錯誤或不妥之處。新文學版本確實太複雜了。我的這些雜談新文學版本的小文章，當初發表在不同的刊物上，讀者對象不盡相同，如今輯印在一起，駁雜和不一致，是難免的，史料上的錯誤和欠允妥，也一定存在。最後，希望同行和廣大讀者，多多指正！謝謝了！

2007年7月9日於北京師範大學宿舍麗澤區之寓中

世紀映像叢書

國家圖書館出版品預行編目

打開塵封的書箱：新文學版本雜誌 / 朱金順著. -- 一版.
-- 臺北市 ： 秀威資訊科技, 2007.08
　　面 ； 　公分. --（史地傳記類；PG0152）

ISBN 978-986-6732-05-8（平裝）
1. 中國文學 2. 現代文學 3. 版本學

820.908　　　　　　　　　　　　　　96016290

語言文學　PG0152

打開塵封的書箱—新文學版本雜話

作　　者 / 朱金順
主　　編 / 蔡登山
發 行 人 / 宋政坤
執行編輯 / 黃姣潔
圖文排版 / 李孟瑾
封面設計 / 李孟瑾
數位轉譯 / 徐真玉、沈裕閔
圖書銷售 / 林怡君
法律顧問 / 毛國樑　律師
出版印製 / 秀威資訊科技股份有限公司
　　　　　　台北市內湖區瑞光路583巷25號1樓
　　　　　　電話：02-2657-9211　傳真：02-2657-9106
　　　　　　E-mail：service@showwe.com.tw
經 銷 商 / 紅螞蟻圖書有限公司
　　　　　　台北市內湖區舊宗路二段121巷28、32號4樓
　　　　　　電話：02-2795-3656　傳真：02-2795-4100
　　　　　　http://www.e-redant.com

2007年8月　BOD 一版
定價：280元

讀　者　回　函　卡

感謝您購買本書，為提升服務品質，煩請填寫以下問卷，收到您的寶貴意見後，我們會仔細收藏記錄並回贈紀念品，謝謝！

1.您購買的書名：_____

2.您從何得知本書的消息？

　　□網路書店　□部落格　□資料庫搜尋　□書訊　□電子報　□書店

　　□平面媒體　□ 朋友推薦　□網站推薦 □其他_____

3.您對本書的評價：(請填代號　1.非常滿意 2.滿意 3.尚可 4.再改進)

　　封面設計____　版面編排____　內容____　文/譯筆____　價格____

4.讀完書後您覺得：

　　□很有收獲　□有收獲　□收獲不多　□沒收獲

5.您會推薦本書給朋友嗎？

　　□會　□不會，為什麼？_____

6.其他寶貴的意見：_____

_____

_____

_____

讀者基本資料

姓名：_____　年齡：_____　性別：□女 □男

聯絡電話：_____　E-mail：_____

地址：_____

學歷：□高中(含)以下　　□高中　　□專科學校　　□大學

　　　□研究所(含)以上 □其他_____

職業：□製造業 □金融業 □資訊業 □軍警 □傳播業 □自由業

　　　□服務業 □公務員 □教職　□學生 □其他_____

To：114

台北市內湖區瑞光路 583 巷 25 號 1 樓

秀威資訊科技股份有限公司　　　收

寄件人姓名：

寄件人地址：□□□

(請沿線對摺寄回,謝謝!)

秀威與 BOD

BOD（Books On Demand）是數位出版的大趨勢，秀威資訊率先運用 POD 數位印刷設備來生產書籍，並提供作者全程數位出版服務，致使書籍產銷零庫存，知識傳承不絕版，目前已開闢以下書系：

一、BOD 學術著作—專業論述的閱讀延伸
二、BOD 個人著作—分享生命的心路歷程
三、BOD 旅遊著作—個人深度旅遊文學創作
四、BOD 大陸學者—大陸專業學者學術出版
五、POD 獨家經銷—數位產製的代發行書籍

BOD 秀威網路書店：www.showwe.com.tw
政府出版品網路書店：www.govbooks.com.tw

永不絕版的故事·自己寫·永不休止的音符·自己唱